Sôbolos rios que vão

António Lobo Antunes

Sôbolos rios que vão

ALFAGUARA

© António Lobo Antunes, 2010
Todos os direitos desta edição reservados à
Editora Objetiva Ltda.
Rua Cosme Velho, 103
Rio de Janeiro — RJ — Cep: 22241-090
Tel.: (21) 2199-7824 — Fax: (21) 2199-7825
www.objetiva.com.br

Capa
Dupla Design

Imagens de capa
© Sam Edwards
© Yulia Popkova

Revisão
Joana Milli
Tamara Sender

Editoração eletrônica
Abreu's System Ltda.

CIP-BRASIL. CATALOGAÇÃO-NA-FONTE
SINDICATO NACIONAL DOS EDITORES DE LIVROS, RJ

A642s

  Antunes, António Lobo
   Sôbolos rios que vão / António Lobo Antunes. - Rio de Janeiro: Objetiva, 2012.

   189p.   ISBN 978-85-7962-118-5

   1. Romance português. I. Título.

11-8353   CDD: 869.3
                 CDU: 821.134.3-3

*Para a Tereza e para o Rui
do coração*

        António

21 de março de 2007

Da janela do hospital em Lisboa não eram as pessoas que entravam nem os automóveis entre as árvores nem uma ambulância que via, era o comboio a seguir aos pinheiros, casas, mais pinheiros e a serra ao fundo com o nevoeiro afastando-a dele, era o pássaro do seu medo sem galho onde poisar a tremer os lábios das asas, o ouriço de um castanheiro dantes à entrada do quintal e hoje no interior de si a que o médico chamava cancro aumentando em silêncio, assim que o médico lhe chamou cancro os sinos da igreja começaram o dobre e um cortejo alongou-se na direcção do cemitério com a urna aberta e uma criança dentro, outras crianças vestidas de serafim de guarda ao caixão, gente de que notava apenas o ruído das botas e portanto não gente, solas e solas, quando a avó no muro com ele desistiu de persignar-se sentiu o cheiro das compotas na despensa, vasos em cada degrau da escada e como os vasos intactos não aconteceu fosse o que fosse, por um triz, estendido na maca à saída do exame, não perguntou ao médico

— Não aconteceu fosse o que fosse pois não?

e não aconteceu fosse o que fosse dado que os vasos intactos, a avó que morreu há tantos anos ali viva com ele, o avô defunto há mais tempo a ler o jornal com o seu aparelho de surdo, o silêncio do avô alarmou-o fazendo com que o ouriço se lhe dilatasse nas tripas arranhando, doendo, coloco-o numa placa de granito, bato com o martelo e a doença esmagada, alguém que não distinguia empurrava-lhe a maca corredor adiante, notava a chuva, caras, letreiros, a governanta do senhor vigário no alpendre enquanto pensava

— É o meu esquife que empurram
a oferecer-lhe uvas

— Apetecem-te uvas menino?

e desapareceu logo, não se lembrar do nome da governanta do senhor vigário preocupou-o, lembrava-se do avental, dos chinelos, do riso, não se lembrava do nome e por não se lembrar do nome não iria curar-se, o avô dobrou o jornal no sofá e não o olhou sequer, quis pedir

— Não consegue fazer nada por mim?

e o mais que podia esperar era a concha da mão na orelha

— O quê?

e sobrancelhas juntas no sentido de ninguém

— Que disse ele?

de forma que o pássaro do seu medo continuava aos círculos, olha as raízes dos pés e os dedos que apertam o lençol, os pobres, aqueles que esperavam o elevador deixaram a maca entrar primeiro, fitaram-no um momento e esqueceram-se, achou impossível que não se recordassem dele, a avó punha-lhe um chapéu de palha com o elástico roto durante as vindimas, qual a razão de todos os chapéus de palha com o elástico roto e quase todas as chávenas sem um pedaço da pega, tinha seis, sete anos, descobria calhaus de mica e girava-os para a direita e para a esquerda a reflectirem a luz, não acreditava que o não notassem na varanda para a serra procurando apanhar os insectos da trepadeira com uma caixa de fósforos vazia e nunca apanhou nenhum, não estava no hospital em março, à chuva, estava em agosto na vila, se o mandavam fazer recados trocava de passeio antes de alcançar a moradia com a dona Lucrécia na cadeira de inválida ao alto dos degraus a acenar-lhe a bengala

— Aproxima-te rapaz

e ele sem ninguém que o protegesse tal como sem ninguém que o protegesse agora, a dona Lucrécia à espera no centro da enfermaria para onde o levavam, decidiu exigir ao empregado

— Expulsem a dona Lucrécia primeiro

e no caso de exigir

— Expulsem a dona Lucrécia primeiro

apostava que uma concha de mão

— O quê?

e o jornal a chegar ao meio-dia, meu Deus como tudo se repete, o que aconteceu até hoje salvo o hospital e a doença, sempre que o avô enfiava os óculos no bolso a certeza que um dedo ou dois se perdiam no forro de mistura com as lentes, a bengala da dona Lucrécia

— Aproxima-te rapaz

e a ferocidade das bochechas que mastigavam sem fim, este corredor cheira à farmácia da vila onde contavam que dantes os lobos junto à escola no inverno, percebiam-se as marcas no chão e restos de vitelo iguais aos dele depois da cirurgia amanhã, uma interna espreitou da porta conforme a mãe antes de apagar a luz

— Quietinho

de luz acesa a mãe, sem luz uma silhueta escura, passos que se dispersavam nos mil compartimentos da casa ou não passos, pérolas de colar quando o fio cede, o número de criaturas, senhores, em que a mãe se tornava ao ir-se embora e nenhuma com ele ajudando-o a salvar-se da noite, o cheiro das compotas na despensa regressou e sumiu-se, caindo na asneira de ordenar

— Fica comigo cheiro

sentir-se-ia mais sozinho e com mais medo, que designação esquisita a seu respeito, cancro, que impensável morrer e solas e solas na vila e uma cadela parada a olhar, mesmo que não saiba o que lhe acontece o olfacto dela sabe, adivinham desgraças, uivam de pescoço esgalgado sobre as patas traseiras, a avó

— Oxalá o sapateiro não beba muito para dobrar o sino em condições

e com o dobre do sino os pombos a espantarem-se, mudam para a capela abandonada, regressam à tarde e instalam-se nas cornijas da Câmara, enervam-se com uma pinha que tomba e a falta de óleo das carroças, um burro estaca de súbito com os dentes ao léu e soluça, soluça, o avô entende qualquer coisa sem compreender o que seja e é opero-o amanhã visto que mira em torno desconfiado, nunca falava, no

caso de descobrir que conversavam acerca dele sorria, experimenta o sorriso do teu avô, não um sorriso, uma expressão de desculpa ou uma concordância humilde, ao dar-te de comer estendia a colher e a boca que se arredondava era a sua, limpava-te com o lenço sem acertar nas migalhas, recomeçava
— Só mais duas e meia
isto na varanda para a serra e os castanheiros tranquilos, as loiças tranquilas, quase tudo tranquilo na infância excepto a bomba a puxar limos do poço, o restolhar do milho e o louco de cobertor pelos ombros anunciando às cabras
— O mundo inteiro é meu desgraçadas nenhuma estrela se mexe sem que lhe ordene que sim
ele no hospital não usando as palavras, para quê, o louco estava a par
— Resolva-me isto senhor Borges
e por cima do quarto, na sala, alguém batia os tacões com força, divertido, pontuando as frases, o senhor Borges contornou um tapume e o bosque de faias comeu-o, o nervoso jogou-lhe uma garra ao coração feito de pavor e lágrimas, difícil de equilibrar em segredo, nem um grito apesar de tantos gritos em si, cada gesto que não fazia gritava, cada movimento da cabeça gritava, cada pedaço de pele contra o lençol gritava, se os tacões se calassem um instante percebiam
— O que se passa com o miúdo?
passa-se que células podres do intestino a invadirem-no destruindo os pulmões, os ossos, o fígado e crianças vestidas de serafim com asas mal coladas nas costas, que terrível e cómica a morte, troça de ti mesmo, despreza-te, no livro de História as datas do nascimento e da agonia dos reis que não lhe faziam diferença por não serem as dele, o bispo fechou as pálpebras de D. João II e D. João II
— Ainda não
os bisavós do álbum
— Ainda não
também, o de bigode, o careca, aquele fardado de coronel com medalhas, mal virava a página um
— Ainda não

desbotado que recusava ouvir, o coração desequilibrou-se sem que desse conta porque as bochechas molhadas, quando o boi castanho morreu tiveram de quebrar-lhe os tornozelos para caber na cova, as pálpebras do boi apesar de cobertas de varejeiras

— Ainda não

e não nos ralámos com o sofrimento dele ou as bochechas molhadas, lembrava-se do som da terra sobre o tambor do lombo, de uma minhoca tornada duas pelo sacho e as duas a devorarem-se gulosas e da lagartixa a aprender a ser pedra numa falha de muro e nisto o pai a jogar ténis no hotel dos ingleses do volfrâmio e ele a correr para apanhar as bolas que pulavam a cerca, apanhou a última junto à piscina onde uma estrangeira loira se enxugava e ficou de bola contra o peito aprendendo a ser pedra também numa exaltação que desconhecia.

— O que é isto?

vontade de ser crescido, timidez, embaraço, se a estrangeira loira lhe sorrisse ajoelhava ou fugia, que misteriosa a vida, davam-lhe banho na selha da cozinha e o desconforto de estar nu à vista da empregada, pequeno, magro, submisso tal como na enfermaria pequeno, magro e submisso de novo, a estrangeira loira regressou ao hotel com um cestinho de cremes e cada nádega um alcatruz que se enchia dele e o despejava sem o levar consigo, não devolveu a bola ao pai porque não era uma bola, era o seu sangue depressa, mesmo hoje o seu sangue depressa ao recordá-la, guardou a bola na arca da roupa e de vez em quando acariciava-a numa delicadeza que em todos estes anos não se repetiu, na janela do hospital menos pessoas e menos automóveis, daqui a pouco noite e a miséria do seu corpo no escuro, a voz dele independente de si

— Não

e por quantas semanas continuaria a ter voz, por quantas semanas

— Não

até a garganta apodrecer por seu turno e quando a garganta apodrecida que ecos, apetecia-lhe regressar à nascente do Mondego, um fiozito entre penedos quase no alto da serra

e não achou o fiozito, lembrava-se de musgos e musgo algum no hospital, o pai
— É aqui que nasce o Mondego
e não acreditou, uma humidade serra abaixo que nem as bochechas era capaz de molhar, corolas amarelas, besouros, nenhum pássaro a tremer os lábios das asas, que idade teria, não foi um enfermeiro quem lhe tirou o sangue, foi a dona Irene que tocava harpa ao serão e lhe chamava Antoninho, o notário com mil canetas na algibeira do casaco e se calhar, no meio das canetas, um ou dois dedos também, visitava-a a seguir ao jantar e passados minutos ouvia-se a harpa, o sangue no tubo não vermelho como ele pensava, escuro, se o bispo lhe fechasse as pálpebras não respondia
— Ainda não
calava-se, a dona Irene apertou-lhe um algodão contra o braço e as mil canetas do notário brilhavam
— Antoninho
a dona Irene a levantar-se
— Não o magoei amigo?
com uma bata branca e um relógio pendurado de cabeça para baixo de um alfinete na bata, se o operam amanhã o jardineiro, não o médico, quebra-lhe os tornozelos com o sacho para caber na cova e a serra nítida ao longe, a dona Irene foi-se embora a sacudir um tubo e as vibrações das pás de terra nela, o telefone gesticulou no corredor e a voz de um homem esclarecendo
— O doutor Hélder desceu ao bloco
o cheiro do seu nervoso anulava o cheiro do hospital sem anular o cheiro das compotas, a dona Irene
— A harpa é uma questão de pulso
movimentando escravas, uma questão de pulso, o rápido das seis abanava os cálices e entortava o quadro sobre o carrinho do açucareiro e do bule, na altura do jantar puxavam a dona Lucrécia do alpendre
— Uma canjinha dona Lucrécia
e logo no princípio da canja ela
— Estou cansada

embora no dia seguinte lhe ordenasse instalada sob os frascos da sala de operações a agitar a bengala

— Aproxima-te rapaz

e o empregado que transportava a maca ao encontro do crucifixo sobre o vestido de luto e das pernas inchadas, se a avó lhe pusesse o chapéu de palha não morria, passeava na vinha à cata de búzios incrustados no granito da época em que o mar cobria o mundo e o espírito de Deus, como será o espírito de Deus, vagueava sobre as águas, para a semana, disse o médico, podemos, o telefone outra vez, a voz do homem

— O doutor Hélder não voltou do bloco

conversar com mais dados e enquanto os dados não vinham a avó fazia uma paciência de cartas na mesa de jantar percorrendo-as com o nariz

— Descobres o nove de paus por acaso?

e o que ele via era a dama de oiros a enxugar-se no rebordo da piscina, o coração difícil de equilibrar em segredo, não imaginava que coubessem tantas lágrimas naquilo, se ao menos caíssem por dentro em vez de molharem a cara no momento em que a anestesista fazia perguntas e ele para a anestesista que não se enxugava com a toalha

— Desculpe

o electrocardiograma a registar as lágrimas numa fita de papel que maçada, se tivesse um chapéu de palha a mais emprestava-o à anestesista e mostrava os búzios da época em que o espírito de Deus vagueava sobre as águas

— A minha mãe curava tudo com uma aspirina

convicto que tinha logrado um sorriso mais difícil de equilibrar que o coração sem que lhe admirassem o esforço, curava tudo com uma aspirina, dores de cabeça, anginas, medo de bichos, insónias, não punha o termómetro, encostava a bochecha à sua

— Estás óptimo

e por segundos uma doçura de perfume e um sabor de carne viva, a palavra filho a fazer sentido, sou seu filho e ao dizer mãe digo uma coisa verdadeira como a palavra chávena ou a palavra tecto, não a palavra morte, se encostasse a bo-

checha agora pode não acreditar mas ajudava, o boi respiraria apesar das varejeiras, não lhe quebrem os tornozelos e o sacho suspenso no alto
— O que te deu menino?
cachorros sem dono a espiarem-no côncavos de fome ou de nariz rente à caruma farejando coelhos, de certeza que trotam no hospital procurando-o, isto no corredor não são os enfermeiros, são eles, o modo de respirar, uma pausa pingando saliva, na semana que vem disse o médico com um pingo no sapato diminuindo-lhe a competência conversamos com mais dados, o sacho desfez-me os tornozelos, o nove de paus da avó surgiu sob o rei de oiros ia apostar que com um pingo no sapato também se existisse para lá da cintura, o doutor Hélder deve ter chegado do bloco porque o telefone calou-se, quando voltou com o pai ao ténis do hotel dos ingleses lavavam a piscina e ninguém, não apanhou bolas nessa tarde, acocorou-se num ângulo da vedação, desinteressado, enquanto as copas dos pinheiros nos segredinhos delas mudando de lugar as manchas do sol, uma escapou-se das calças antes que pudesse esfregá--la, sentiu-a na nuca, lançou a mão e perdeu-a igualmente, a certeza que não dormiria esta noite apesar do comprimido no copinho de plástico, o comprimido escorregou para se fundir numa prega de lençol e em vez do comprimido o carimbo do hospital impresso no pano, se o avô lhe emprestasse os óculos descobria o remédio, lembrou-se dos lençóis com ursinhos que tivera em catraio, todos os ursinhos de gorro e cachecol felicíssimos, não cinco dedos como nós, quatro e quatro dedos bastavam, graças aos ursinhos a doença nos antípodas, ganas de vestir-se e partir sob a chuva
— Foi um engano dos médicos
a avó escutava os comboios no cemitério de lápides tão juntas que se tornava difícil caminhar entre elas e conhecia as carruagens pelo modo como dançavam nas travessas
— Este é o mercadorias das onze este o correio das quatro
e no entanto apesar do engano dos médicos um aperto, um enjoo, uma quase dor que abranda permanecendo ali,

a harpa da dona Irene um arrepio a ganhar espessura transformando-se num jorro de gotas que desciam sobre ele e ele vivo sob as gotas, alegre, pode ter-se um cancro e estar alegre, ora essa, a morte não o apanhava no interior da música porque as gotas o escondiam como escondiam os castanheiros e a casa disfarçada na hera, o tio assoou-se comovido e atrás do lenço mais um lenço como os artistas de circo, dezenas, dúzias, centenas de lenços e a bandeira nacional por fim, o tio de casaca recuou para um cortinado entre adeuses e vénias com uma pomba de lábios das asas a tremerem no ombro, o aperto transferiu-se para a coluna onde se esfarelavam ossos e o pingo no sapato designando não se entendia o quê numa radiografia

— Não me agrada esta vértebra

de modo que podem quebrar os tornozelos ao boi, enganei-me, não dispare sobre os cachorros avô, dispare sobre mim, a baba deles, a fome, nem um grito apesar de tantos gritos, cada gesto que não fazia gritava, cada movimento da cabeça na almofada gritava, cada centímetro de pele gritava, que difícil esconder este medo, o avô sozinho sempre, comia em movimentos que se não pareciam com os nossos, não ouvia os ouriços tombarem, cada comboio o mesmo comboio e todavia esses sim ouvia-os conforme ouvia o perfume dos frascos vazios e as suas frases sem peso convocando-o

— Carlos

a madrinha, a mãe, senhoras que existiam para que tropeçássemos no álbum enquanto à sua roda o mundo se estendia e encolhia numa praia final, o tempo dos relógios antigos sem relação com o nosso dado que as horas que já foram maiores, os defuntos continuavam numa existência paralela a esta em que os móveis estalam de maneira esquisita e o líquido das jarras se oxida, o avô

— Quem são vocês?

sem compreender a que época pertencia, à da madrinha e da mãe ou à nossa, será meu neto o do hospital com uma bola de ténis que o enfermeiro lhe entrega, não um comprimido, à medida que os lobos rodeiam a escola, ei-los à volta da cama de mandíbula aberta e os guizos dos rebanhos na

serra um outro jorro de gotas que não ocultam ninguém, menos abundantes, mais fracas, não supunha que os hospitais tão claros, só reboco e metal, nem que sofrer fosse assim, o coração difícil de equilibrar que resiste, não resiste, resiste, sete horas nos relógios antigos e quantas horas nele, amarrotadas, torcidas, olha os dedos que apertam o lençol e de que vale um lençol, nem uma mica nem uma bola de ténis na palma, um dos ratinhos de chocolate que lhe ofereciam em criança, de orelhas e bigodes desenhados na prata, se engolires o ratinho o aperto abranda e consegues dormir, talvez sonhes com a nascente do Mondego e caminhes juntamente com os rios numa névoa de luz, curei-me, os coelhos no casinhoto desmantelado hão-de roer a doença misturada nas ervas e o pingo no sapato acabou-se, a madrinha do meu avô
— Não o acordes
sem dar fé que ele acordado a pedir
— Ainda não
a Deus que está na Austrália ou na China, não aqui, a pensar qual a manivela dos milagres para dar vista aos cegos e multiplicar os peixes, tenho receio de enganar-me e em vez de multiplicar os peixes entornar o Mar Vermelho e afogar os egípcios, o jorro da harpa não desce mais sobre ele que passará a noite fitando a janela à medida que o enjoo cresce, és o senhor Antunes da cama onze e a dona Irene a interromper a harpa
— Antoninho
penteando com as pontas dos dedos um vazio sem cordas, a certeza que se lhas passasse no corpo começaria a cantar, o doutor Hélder indiferente ao telefone
— Uma valsa
e em lugar do doutor Hélder o sacho a quebrar os tornozelos do boi e os tendões do senhor Antunes, não do Antoninho, o Antoninho na relva da piscina à espera, rasgados, o Antoninho jogava pedras a um lacrau cujo ferrão apontava o veneno para ele, inquietava-o a infinidade de perigos que o perseguiam, cobras, corvos desejosos de lhe furarem o peito, o sussurro das trevas a prevenir
— Ai de ti

à medida que o quarto, às escondidas dos pais, o espremia, espremia, se lhes contasse o quarto, de olhos baixos

— Não torna a suceder prometo

e uma lâmpada acesa, bastava uma lâmpada acesa a impedir de lhe fazerem mal, a autoridade das lâmpadas superior à do presidente da Câmara dono de um canino de oiro que imobilizava o dominó no café, o senhor Antunes tentou alcançar a superfície do sono na mira de certificar-se que a lâmpada continuava a auxiliá-lo aparafusada no estuque, o travesseiro num murmúrio de sumaúma

— Vi um ninho anteontem

e de facto as cegonhas desgrenhavam a cobertura do chalé com um menino de barro incapaz de fazer chichi para o lago onde papéis e ramos secos, o fantasma de um peixe vinha à tona e descia com o fantasma de uma libelinha a protestar-lhe na boca, Chalé Zulmira numa placa de azulejos com cercadura de açafates, a varanda do primeiro andar a que faltavam arabescos mas com um vaso de lilases pendurados, se calhar não lilases, tulipas, se calhar não tulipas, desisto, um vaso de plantas pendurado, pronto, que diferença faz se vou morrer e os fiapos de tecido que sobrarem não se recordam de nada quanto mais de flores, que fato me vestirão entre os três dos cabides, o das riscas, o dos casamentos, o da manga cerzida, demoram-se na gravata

— Esta que ele usava e eu não gosto ou a azul que não punha e lhe ficava melhor?

sapatos engraxados e os dos palhaços de verniz, enormes, apeteceu-lhe que lhe calçassem sapatos de verniz, meias às riscas e um nariz escarlate, lhe entregassem um saxofone para um pasodoble enquanto a família palmas a compasso, a dona Irene

— Que porcaria de artista

e um sulco de indignação que ninguém notava nas bochechas pintadas, o médico

— Amanhã operamos o palhaço com cancro

e ele não

— De que morrerão os palhaços?

ele
— Já sei como os palhaços morrem

isto é os palhaços a seguir à barriga aberta os sapatos de verniz enormes, apesar de lhe terem tirado o saxofone o pasodoble aumentava, como vê o ratinho de chocolate não fez efeito avô, continuo a olhar a janela e o aperto não cessa, finge que abranda e não se ausenta de mim, oxalá se esquecesse como esqueci as flores na varanda do chalé, petúnias não, dálias também não, não interessa, em contrapartida não esqueceu a lagartixa numa falha de muro com as patas do lado esquerdo avançadas e a cabeça alerta, este mês ou no próximo o seu nome na página dos óbitos com uma cruz em cima, o empregado da estação empilhava pacotes de jornais com montes de cruzes que lhe diziam respeito e em que ninguém reparava ou se reparassem

— O neto do surdo?

pode ser que o farmacêutico ou o advogado de capachinho, sem clientes, que resolvia palavras cruzadas na esplanada e vivia da mulher, o capachinho despegava-se derivado ao suor e descobria-se um círculo de cola, a mulher a resignar-se

— Não me abriram os olhos a tempo

enquanto o capachinho ia entortando na direcção da nuca as melenas de palha, se tocasse a campainha a dona Irene vestida de enfermeira com o relógio pendurado de cabeça para baixo, que é da sua harpa dona Irene, pensando melhor faltava-lhe uma corda

— Não tenho ordens de dar outro rato de chocolate
aguente-se

de forma que olhava a janela e a chuva nos caixilhos ou nem janela nem caixilhos, o postigo em que observava, empoleirado no tanque da roupa, a empregada a despir-se, nunca mencionou a empregada na confissão nem a estrangeira loira da piscina e portanto se calhar a doença um castigo, a governanta do senhor vigário a recuar as uvas

— Pecaste

e ele a descer com o Mondego, ora este ressalto ora aquele e a caminhar sobre o rio, mais que um porque se di-

vidia para se unir outra vez confundido com a neblina que se levantava da água e arbustos e árvores e animais miúdos, ele quase tão magro como agora a escorregar na erva, por instantes julgou que adormecera mas continuava acordado mais o seu pavor e as suas lágrimas, seguro que nem um grito apesar de tantos gritos, se o tio com atenção
— O que se passa com o miúdo?
mas como dar por ele em Lisboa tão distante da vila, não tenho família desde há anos e todavia o pai a jogar ténis no hotel dos ingleses e a mãe a fazer-lhe a risca do cabelo
— Não te sacudas que coisa
com um cheiro diferente, de velha, a estudar as mãos com pasmo
— São minhas?
uma blusa que sobrava no corpo, olhos que o não reconheciam
— Quem és tu?
anéis que pertenceram à avó de modo que a mãe talvez capaz de lhe explicar os comboios, o do meio-dia com o jornal do avô de óculos e dedos no bolso, o correio, o mercadorias, o rápido, a mãe indefesa e minúscula na casa deserta, se dissesse
— Mãe
um soslaio indeciso, no hospital a chuva, os castanheiros de certeza negros, o prato da parede com uma Nossa Senhora estampada a desprender-se e a cair, se a mãe encostasse a bochecha à dele, mesmo idosa, mesmo cega, a palavra filho a fazer sentido, não a palavra doença, não a palavra morte, enquanto ia caminhando com os rios sem nada que o estorvasse, acompanhado pelo pasodoble de um saxofone remoto, na direcção do mar.

22 de março de 2007

A carroça abanava tábuas e dobradiças na vereda de amoras e ele não com o Virgílio no banco, desejoso de pedir que lhe emprestasse as rédeas para a avó
— Meu príncipe
entender quem mandava, deitado na caixa sobre as batatas que lhe magoavam as costelas, pálido no halo de naufrágio das sete da manhã e ignorando se o naufrágio dentro ou fora de si, o Virgílio ultrapassou enfermarias, guarda-ventos, uma cadeira de rodas, não deu pelas sebes que anunciavam o portão, deu pelas tábuas e dobradiças a guinarem à esquerda e o burro mais vagaroso no linóleo sem sulcos nem pedras nem as tigelas de resina nos pinheiros, cortava-se a casca com uma machadinha e as veias da madeira tristezas arrastadas, uma mulher de blusa verde certamente empregada no hotel dos ingleses do volfrâmio indicou ao Virgílio
— Ponha a maca acolá
e novamente tábuas, dobradiças, a batata perdida que uma velha apanhou de imediato para a ocultar no xaile, comem-nas com pele, não as cozem sequer ou enfiam-se num buraco onde se percebem trapos, outras empregadas do hotel dos ingleses de blusa verde também mudaram-no para a cama da infância mas sem cobertor nem travesseiro e acanhou-o a sua nudez debaixo de um lençol engomado que em lugar de os cobrir expunha à chacota das luzes pés que se lhe afiguravam trocados, de quem são estes pés, os eucaliptos soletravam o vento em torno do hotel ou era gente a falar, sílabas que as copas dizem e é preciso juntá-las para conseguir palavras, a palavra surpresa, a palavra terror, as empregadas do hotel aproximavam-se e afastavam-se num bailado de abelhas, o

Virgílio olhou-o da carroça antes de se ir embora e perdeu as amoras e a velha que afundava mais a batata no xaile, pensou que a avó o ajudaria entregando-lhe uma bolacha

— Meu príncipe

mas os castanheiros tão longe e a varanda para a serra perdida, ficou a bomba do poço avançando e recuando sem que ninguém a movesse ou o som apenas que lacerava as nogueiras, viu a cozinheira a escolher uma galinha e a paisagem com barcos do escritório enquanto a bomba trazia à tona a surpresa e o terror, vão matar-me, uma agulha no braço que não sentia seu e as sílabas dos eucaliptos mais rápidas anunciando o quê, teve dó da solidão dos pés à mercê dos corvos que bicavam o pomar, uma das empregadas do hotel encostou-lhe uma concha ao nariz e à boca e os pés concentraram em si a surpresa e o terror, a velha aconchegou a batata no xaile numa ferocidade avarenta, nunca falavam as velhas, coxeavam carregando os sacos dos corpos, espantou-se que a bomba funcionasse em silêncio, os corvos grasnassem em silêncio e as sílabas dos eucaliptos e das empregadas do hotel repetissem silêncio, a harpa da dona Irene inaudível embora o jorro de gotas voltasse a cobri-lo separando-o do médico de blusa verde igualmente, difícil de distinguir no nevoeiro do Mondego e a surpresa e o terror deixaram-no, um negrume sem origem tingiu-o por dentro reduzindo-lhe a vida a cores desarticuladas e formas difusas sumindo-se num ralo no interior de si que não calculava existir, embora não pensasse julgou pensar

— Quem sou eu?

e o que significava pensar, o que significava eu a pensar e o eu desvanecido por seu turno no ralo, cuidou que o sino da igreja a dobrar e mesmo sabendo que não dobrava continuou a ouvi-lo numa cadência apagada, o sino, os comboios e o avô a abrir a própria boca estendendo-lhe a colher do almoço, não conversava com ninguém, lia o jornal, caminhava na vinha ou gastava horas na varanda sem se interessar pela serra, provavelmente um ralo idêntico ao seu pelo qual a vida se escapou transformando-o num fantasma de que todos se alheavam e contudo um sentimento ainda presente nele que o

fazia inclinar-se para a cama onde o neto não podia vê-lo enquanto uma faca lhe abria a barriga na cadência do pasodoble do circo e a família a aplaudir a compasso
— Estão a operar o Antoninho
de pés trocados e um tubo na garganta que uma das empregadas vigiava, o Antoninho sem surpresa nem terror nem as bochechas molhadas, ao perder o que era perdeu as amoras da vereda conforme perdeu sobejos de casas a emergirem dos arbustos, um fragmento de parede, uma chaminé, degraus, o Virgílio sem lhe emprestar as rédeas no receio que o eixo se entortasse num valado e o avô à procura dos óculos no bolso para o examinar melhor, lembrava-se da mãe do avô bordando na poltronazinha de verga com a manta nos tornozelos que lhe não quebraram ao morrer, a poltrona continuou a estalar depois da mãe do avô no cemitério e o tio
— O que se passa com a poltrona?
intrigado pelo desassossego das coisas, qual a intenção delas, o que pretendem da gente, os objectos da cozinha empenavam-se de propósito
— Não nos ligam pois não?
e certas jarras, certos potes, certa oscilação de cortinas tentando comunicar o que se não compreende e talvez o avô entenda a observá-lo na sala de jantar do hotel dos ingleses com a bomba da água do sangue a mover-se e afastadores e pinças, o médico do pingo no sapato ao dono do hotel a mostrar o ouriço da doença
— Não sei se consigo desprendê-lo do ramo
entre pinturas de caça e estampas de cavalos enquanto os camponeses adoeciam nas galerias do volfrâmio e dúzias de estrangeiras loiras abandonavam a piscina, o avô acabado pelo mesmo cancro que ele, com os mesmos pés trocados sobre as batatas da carroça, o Virgílio em lugar de
— Antoninho
pronto a entregar-lhe as rédeas
— Senhor
e o avô sem notar as amoras nem os sobejos das casas pensando numa prima que o tratava por

— Filho

ou nos lobos do inverno e ele num gume de penedo a segui-los porque não estamos no hospital em Lisboa, estamos perto do sítio onde nasce o Mondego, não é março, não chove, repare na música da harpa cercada de aparelhos, radiografias e instrumentos cromados, não sente o relento das tranças de cebola na cozinha doutor e as lagartixas de sílex, aqui não se pensa, dura-se até que o sino chame e o cemitério se feche, o sacristão aferrolhava a porta e a chave entortando-se no óxido continuava a girar, o que escutava o avô no bojo do silêncio, achava-se na guerra em França quando a filha nasceu e ao regressar da guerra o silêncio crescera, o pêndulo do relógio num balanceio mudo, as tábuas da carroça caladas, tudo ao mesmo tempo demasiado longe e fazendo parte do seu corpo e a harpa da dona Irene a acompanhá-lo em segredo, não bem acompanhá-lo, a trazer-lhe à lembrança o senhor vigário então novo cantando em latim e as velhas durante a missa sumidas nos lenços, que é das vossas batatas, um olho do meu neto a descerrar-se na mesa do almoço onde o operam, não me aflijo com ele porque se o encontrasse no largo não sabia quem era, mais uma criatura magrinha, mais um camponês com fome, desenterram cenouras nas hortas, roubam lenha por aí, não se parece com a minha filha, não se parece comigo, pelo movimento dos lábios a minha mulher

— Antoninho

dei-lhe um rato de chocolate por não saber o que dar-lhe com as orelhas e o bigode desenhados na prata e três centímetros de guita a servirem de cauda, engole o rato para aliviares os apertos e ele de rato na palma a observar o bicho, a minha filha

— Não o comes?

e não comia, o tonto, convencido que o rato uma criatura viva quando não há criaturas vivas salvo na cartolina dos álbuns que aquecem o chá no bule e se preocupam connosco, a serra viva também que não pára de agitar-se trocando aldeias de lugar e no que se refere à gente não me atrevo a dizer, a harpa da dona Irene rompia a surdez ao aperceber-me de uma

pinha a cair e da hera da casa contando a sua história numa ausência de voz, o dono do hotel entregou o ouriço às empregadas que o recolheram num pano
— Há mais ouriços aqui
e a surpresa e o terror não no meu neto, em mim, a bomba da água do coração tão rápida e o que trazia eram restos de sapato de um palhaço afogado, imaginei que um saxofone a seguir ao sapato e o saxofone dissolvido no fundo, conheço desconsolos nas coisas, não conheço nas pessoas e portanto não me queixo, o que é o desconsolo aliás, não tenho ocasião para me entristecer ou não há o espaço no meu peito que a tristeza requer apesar de eu vazio ou seja não vazio porque uma vela num castiçal antigo que a prima que tomava conta de mim plantava à cabeceira, uma palma na minha testa a garantir
— Quando cresceres compreendes
recordo-me de perguntar
— O que há para compreender?
ao aperceber-me que apenas a vela continuava no quarto e talvez eu a olhá-la, quantas vezes me interroguei se tudo isto existiu e esta terra existe com as vinhas, os comboios e o silêncio que os mineiros interrompiam ou as velhas e as cabras mastigando rochedos, as aldeias da serra ora povoadas de criaturas ora ruínas desertas em que o brilho de algumas furnas teimava, sou daqui, pertenço aqui, eu uma furna ou uma velha também com a minha batata no forro do casaco que devoro às ocultas, o dono do hotel dos ingleses a apontar o fígado do meu neto
— Outro ouriço
vindo das trevas que se reproduzem no núcleo da luz, porque não o abandona e o esquece acabando com a surpresa e o terror, uma gota nas bochechas pintadas a transformar-se em grito mas oiço unicamente a harpa e os rumores do álbum, passos que nunca se aproximam, se afastam
— De que morreu você prima?
dando-me conta que a vela a apagar-se, antes de se apagar um claráozito que se ergue e ao esvair-se não torna a subir, inventei-o, que castiçal, que vela, em que noite estamos

e de que mês porque os tempos se confundem na chuva contra a acácia e depois da acácia nada salvo arbustos e valados
— Não me atormente prima
eu diante do meu neto com uma madeixa pegada ao nariz e as orelhas sem cor já que o traziam do poço, o que dura neste lugar são os poços cercados de nogueiras e nos poços um sapato de palhaço dissolvido no fundo, sobra o crucifixo a odiar-nos porque nascemos e morremos sob o ódio de Deus, antes dos ingleses do volfrâmio os alemães do volfrâmio, carroças de volfrâmio na direcção da cidade, camionetas de volfrâmio, camponeses a transportarem cestos de volfrâmio e nisto solas e solas diante do portão acompanhando uma urna que não cessa de passar, a minha, a do meu neto, a da minha mãe antes dos pulsos algemados no terço, o dono do hotel tinha razão, os ouriços não terminam e o meu neto a olhar a janela e a chuva, não conseguia beber, engolir, respirar, distanciando-se da gente e embora distanciando-se a acreditar em nós
— Estou melhor não estou?
contente o idiota, esperançado o palerma, com a dor a florir, não a maçá-lo que se habituava a ela, mesmo que cresça não repara, mesmo que se torne de novo adulto ignora, o cheiro do volfrâmio, não da doença, em toda a parte e solas e solas debaixo de um sino que se interrompeu há séculos, o mesmo que me acompanha na varanda, atravessa o jornal que não leio e me persegue e me toma, como poderei escutá-lo se os passos me habitam e eu no meio deles a caminhar também, quem me segreda
— Acabou-se
e a serra a devorar a casa e a carroça do Virgílio de roda esquerda partida, a governanta do senhor vigário ausente do alpendre embora uma parte permanecesse ali a estender um cacho de uvas aos canteiros, a vila um lugar que os buxos cobrirão rodeado de amoras e sobejos de granito para além do inverno da serra a apagar as aldeias, eis o sítio onde morámos, um fragmento de parede, uma chaminé, degraus sobre os quais a harpa continuará a bordar, a palma da prima na minha testa

— Quando cresceres compreendes
nenhum comboio na estação em que pilhas de jornais à espera sem que eu os lesse nunca e no meio do granito e dos pinheiros o hotel dos ingleses intacto, na sala de jantar o meu neto sob as lâmpadas e o dono do hotel de máscara verde porque tudo verde em agosto, insectos, sapos e o bando de perdizes na encosta de giestas, o neto a quem a minha mulher
— Antoninho
e nisto a cozinheira a degolar um pato jogando as penas no mesmo balde em que o dono do hotel largava as compressas, os tornozelos do boi quebrados com o sacho e a mula a quem um camponês que o meu pai expulsou cortara os olhos com a navalha trotando no pomar, na janela do hospital em Lisboa a chuva e a presença da morte em cada assobio do monta-cargas, a dor sem mácula antes de mergulharmos nela, ao mergulharmos um sobressalto de que mal damos conta e a seguir a gente flutuando livres na espessura da paz, a garrafa de oxigénio fechada, o soro que nos corre para o braço imóvel, a minha surdez absoluta enquanto os dedos da dona Irene se suspendem na harpa e o dono da farmácia a fumar na soleira, o Virgílio faleceu antes de mim, em fevereiro, separado da serra pela orla das nuvens, as velhas roubaram as caçarolas, a roupa e ele sem ouvir como eu, sozinho na penumbra que suspirava ainda, lembro-me de arreios num prego e da prima da vela num cantinho de mim
— Quando cresceres compreendes
mal solas e solas no lado de fora do portão, as mesmas que batem hoje na minha surdez confinando-me para sempre ao sofá, conversas que não escuto, gestos em que não reparo como preferi não reparar na cara do meu neto no hotel dos ingleses, sabia que a sua cara a minha e aqueles pés os meus, devia pôr-lhe uma vela à cabeceira para que os comboios principiassem a viajar em baixo e um pedaço de mica reflectisse o sol, assegurar-lhe
— Quando cresceres compreendes
confiante
— Quando cresceres compreendes

e os castanheiros toda a noite a discursarem acerca do modo como a terra nos despreza acabando por expulsar-nos, sentia a minha mulher ao meu lado na cama e arredava-me dela por a adivinhar atenta ao cochicho das coisas que insistem
— Já não és de cá
destas pedras, deste mato, destas árvores que nos devoram numa pressa cruel conforme os arbustos e o granito nos devoram, somos búzios que nenhum eco habita, cascas de caracol tornadas pó se as tocamos, a humidade feita de líquenes do Mondego que não termina de nascer numa falha de penhascos, faleci da mesma doença que ele não em Lisboa, na vila, dando pelas solas a estremecerem o mundo e esperando na almofada que as velhas entrassem, o sino não a dobrar, tocando a incêndio e camponeses de feições inacabadas, como sucede aos pobres a quem a fome impediu de se completarem, a galgarem travessas carregando selhas, o dono do hotel dos ingleses a indicar o meu neto
— Talvez uns meses ainda
e de que valem uns meses
— Quando cresceres compreendes
mentira, falso, não compreendo seja o que for com a serra inalterável diante da varanda e as gralhas a deixarem os eucaliptos prenunciando o crepúsculo, a minha mãe acendia as luzes e nos móveis um relevo inesperado, mataram a mula cega e o bicho escorregou das gengivas os grandes dentes moles, deu-me ideia que um comboio, não de mercadorias, o correio a deixar cartas que nunca verei, talvez da minha cunhada no sanatório
— A febre Carlos
embrulhada na manta, o dono do hotel dela passava ao fim do dia a auscultar os pulmões
— Muito bem muito bem
e a leveza da neve, isso recordo, a engrossar os pinheiros, uma das empregadas ordenou a um fulano atrás de mim, o encarregado das bagagens, o recepcionista, o porteiro
— Chamem a carroça para o levar ao recobro

e apercebi-me que o Mondego ia ganhando força a cada desnível de mato porque a água de outros penedos se juntava à sua, não um rio, quatro ou cinco que se afastavam e uniam empurrando a vida do meu neto e a minha, não somos mais, fomos

— Talvez uns meses ainda

até setembro quando eu encostado à varanda e a sombra da trepadeira me descobre de súbito, um dos meus filhos

— Pai

e eu sabendo que

— Pai

embora não ouvisse, ouvia os castanheiros que murmuravam, murmuravam, o portão a abrir-se e a fechar-se em seguida, a carroça abanando tábuas e dobradiças na vereda de amoras e de tempos a tempos sobejos de uma casa, o meu neto não com o Virgílio no banco na esperança que lhe emprestasse as rédeas, na caixa sobre as batatas que lhe magoavam as costelas no halo de naufrágio das sete da manhã, indeciso se o naufrágio nele ou fora dele, na extensão cinzenta da última praia e que conheço eu de praias onde uma só gaivota se deslocava indiferente, o Virgílio ultrapassa enfermarias, guarda-ventos, uma cadeira de rodas, o meu neto não deu pela cadeira, deu pelas tábuas e as dobradiças a guinarem à esquerda e o burro mais vagaroso no linóleo sem sulcos nem pedras nem as tigelas de resina dos pinheiros, cortava-se a pele da casca com uma machadinha e as veias da madeira um desgosto arrastado, o meu neto de pés trocados e não precisa deles, pessoas, não sei quais, habitarão este sítio, a mina de volfrâmio secará um dia e nenhum inglês no hotel, mudarão os lençóis na cama do hospital, levarão o oxigénio, o soro, a máquina que regista numa tira de papel os movimentos da bomba da água e as gotas da harpa, quem lhe quebrará os tornozelos com um sacho para caber na cova e que lagartas o buscarão sob a terra, subi da vinha ao alpendre e em qualquer ponto meu, insignificante, nítida, a prima com o castiçal e a vela a insistir

— Quando cresceres compreendes

de modo que por mais que os meus filhos

— Pai

me sacudissem o braço dei por mim sobre os rios do Mondego que sem cessar se dividiam e tornavam a unir, dei por mim que faleci há tantos anos ou não eu, tudo aquilo que era e não existe mais, a flutuar sobre a água para longe de vocês.

23 de março de 2007

Formas, formas. Formas que iam, vinham e tornavam a ir, se sobrepunham e afastavam, rodavam lentamente ou elevavam-se e caíam depressa, pareciam definir-se e em lugar de se definirem dissolviam-se, a ilusão que vozes e não vozes, presenças e não presenças, a da mãe por exemplo que até durante o sono escutava o rabo do gato
— Ouves o rabo do gato mexer-se?
e ele entre taças de porcelana, que taças, chávenas a vibrarem, o rabo do gato mexeu-se com estrondo e parou, a mãe
— Não oiço nada agora
tentava dar nome às formas e não achava os nomes, estava e não estava acordado como quando parece compreendermos o sentido do mundo que no instante de o compreendermos se esfuma, o gato em que nasciam olhos depois de bocejar, formas, não sentia nada, não pensava em nada, assistia, formas de palavras também, formas de ruídos, uma ampola a acender-se e a apagar-se e mais formas de ampolas, de sabores, de cheiros, não tinha corpo, era uma forma entre as restantes formas, um cubo, uma pirâmide, uma esfera entre cubos, pirâmides e esferas, era uma palidez de janela que se concretizava a pouco e pouco e a mãe a levantar uma porção sua do charco em que se encontrava
— Nem o rabo do gato te acorda?
uma espécie de pinça a beliscar-lhe o braço, uma cara à frente dele, não a da mãe
— Começa a dar por nós
e se não a da mãe que cara a desvanecer-se como o sentido do mundo que lhe escapou sempre, mistérios demasiado simples para lograr encontrá-los, encontrou a perna sem lhe

tocar, estava ali, pelo menos tinha uma perna entre as formas que iam e vinham e tornavam a ir e ele com dó de si mesmo a perdê-las, a perna não, sólida, fixa, demasiado distante para conseguir movê-la, se não fosse uma forma animava-se, gotas não na sua pele, suspensas em torno, a unirem-se às formas aumentando-as, o que cuidara uma janela a parede afinal ou antes uma superfície em que nadavam sombras consoante na carroça o reflexo das árvores à medida que avançava, cheio de folhas decifrando por seu turno o sentido do mundo, tentou fechá-lo em si e esgueirou-se para a perna ou a boca que principiava a existir, quer dizer uma zona a que chamou boca dado que lhe parecia que dentes, o começo da língua e um tubo a atravessar os dentes e o começo da língua, uma saliência que considerou um ombro e as formas continuando a rodar, ora verdes ora azuis ora brancas ora sem cor alguma e a cor alguma uma cor, perguntou
— Que nome se dá à cor alguma?
consciente que a pergunta, tal como as lágrimas, não significava nada, precisava de ensinar o que chamou boca a ser boca com língua e dentes verdadeiros, cuspo, gengivas, construir um nariz em condições ou uma forma de nariz, formas, formas que iam, vinham e tornavam a ir, se sobrepunham e afastavam, rodavam lentamente, pareciam definir-se e em lugar de se definirem dissolviam-se, a ilusão que vozes e não vozes, presenças e não presenças, a da mãe por exemplo que mesmo adormecida
— Ouves o rabo do gato mexer-se?
e ele separado das formas por uma cortina translúcida prestes a afastar-se, construir um nariz que desse nexo à boca e porventura às orelhas, à testa, ao seu corpo inteiro mas faltavam-lhe os dedos, para além da perna e do ombro a barriga a crescer, entre os reflexos das árvores uma aparência de nuvem, o fragmento de um pássaro sem que conhecesse exactamente o que lhe faltava a abandonar um galho, isto é formas e no centro das formas a mãe
— Nem o rabo do gato te acorda?
não a de hoje a procurar enxergá-lo
— Se falares sei quem és

a mãe de dantes capaz de se relacionar com frigideiras, brincos e tesouras que não lhe obedeciam a ele, tombavam antes de lhes tocar convencidos que lhes tocara ou mais que lhes tocara

— Enxotaste-nos

a cara que se dobrava

— Começa a dar por nós

e não dava pela cara mas dava por um aparelho onde avançavam linhas num traçado monótono, ele nem sequer uma forma, linhas que atingiam o limite do ecrã e recomeçavam sem fim, apeteceu-lhe dizer como a mãe

— Se falares sei quem és

e desta feita um sopro, um cochicho, um punhado de cartilagens, órgãos que despertavam cada qual com a sua alma e o seu timbre próprios, um músculo a contrair-se e era o braço inteiro sem que lhe fosse claro que um braço, o Virgílio voltando-se para trás na carroça

— Chegámos menino

não com palavras, formas de palavras e as árvores e o céu, as batatas magoavam-no, a cozinheira recolhia nozes na saia mas faltavam-lhe o avô com o jornal e o perfume dos eucaliptos visto parecer-lhe que perfume, não cheiro, as batatas cheiro e os eucaliptos perfume e portanto não se encontrava na casa dos verões, em agosto, estava em Lisboa onde o Mondego não nasce nem penedos e líquenes, nascem ouriços e não sentia os espinhos apesar de saber que continuavam consigo emboscados nas vísceras na tensão das raposas e ele convencido que um salto, presas, unhas

— Sou um coelho meu Deus

o médico do pingo no sapato ou antes o médico que não sabia se pingo no sapato porque começava a partir da cintura

— Não fale

como se falar pusesse em perigo uma harmonia complicada e as formas se multiplicassem à roda dele estrangulando-o, cubos, pirâmides, esferas, a segunda perna junto à primeira e o pássaro do galho completo, enfermeiros, camas, a brancura de uma manhã sem limites na qual o tempo nem sequer se suspendera, não havia, ele incapaz de escutar o rabo do gato

— Ouves o rabo do gato?

tão cego quanto a mãe a procurar-se nas manchas das árvores ou no que presumia manchas

— O que me distingue de você senhora?

ou cardumes de peixes num ondular vagaroso

— Que faço eu aqui?

sem realizar o que lhe acontecera nem de onde tinha voltado, entrava e saía do corpo num vapor de memórias truncadas, recordava-se da governanta do senhor vigário e dos ulmeiros no largo, por que razão o médico

— Não fale

se apenas falando, embora não desse pelas frases, tinha a certeza de ser, no caso de me calar não existo, talvez a chuva lhe jogasse um sudário final no ventre destroçado, pessoas na enfermaria sem perderem tempo consigo, ganas de pedir-lhes pensem em mim, socorram-me e não se interessavam nem socorriam excepto o avô falecido há quarenta anos e como falecido há quarenta anos se ali, o avô para quem talvez eucaliptos, saudades, família não passassem de formas também, formas que iam, vinham e tornavam a ir, se sobrepunham e afastavam, rodavam lentamente ou elevavam-se e caíam depressa, pareciam definir-se e em lugar de se definirem dissolviam-se, tentava dar-lhes um nome e não achava o nome, a surpresa e o terror regressaram enquanto a mãe

— Não oiço o gato filho

porque a harpa da dona Irene ou as tílias o interrompiam, lembrava-se da mulher do veterinário sentada num banco a sorrir para um livro de modo que ao pegarem-lhe na mão cuidou que fosse ela em cujo cabelo o sol se concentrava, se a mulher do veterinário lhe tocasse desmoronava-se e o pai a experimentar as cordas da raqueta de ténis

— Desmoronavas-te porquê?

não lhe dando importância, havia de morrer como os porcos sem que o ajudassem, uma faca na goela e adeus,

vertiam-lhe petróleo e chegavam um fósforo para queimar a pele a perguntarem
— Sente-se bem?
e ainda que pudesse responder dado que a voz trabalhava permaneceu calado, à procura com o que tinha da cabeça de quem lhe fez a pergunta, a latada, a capoeira, o rabo do gato que se ouvia no escuro, nem os animais morriam sozinhos, recordou-se da mãe acariciar o gato até que a respiração cessou, o rabo ergueu-se e a mãe não
— Ouves o rabo do gato mexer-se?
a levantar o nariz que fungava mudo e uma veia no pescoço mais rápida que o coração dos tordos, formas que desistiam de ir e vir, se sobrepor, se afastarem, a palavra cancro e com a palavra cancro imagens desconexas, ele na cadeira do dentista pensando no mar e o modo como a areia brilhava antes das gaivotas chegarem
— Sente-se bem?
e sinto-me bem a sério, não me dói nada, vejo o mar que o Virgílio nunca viu consoante nunca viu o Mondego porque a serra o assustava com o seu perfil enorme, limitava-se a desatrelar o animal e a entreter-se com uma garrafa de vinho entre sacos vazios, não era apenas a serra que o assustava, eram os homens que moravam nela e que por seu turno não desciam à vila, de tempos a tempos uma criança, uma cabra barbuda, um macho desistindo de marchar numa cerca, respondeu
— Sinto-me bem
para que o deixassem a medir-se e sentia-se bem, decidiu se calhar curei-me sem acreditar que se tivesse curado e a indignidade da doença ofendeu-o, os homens da serra mal uma febre ou isso sepultavam-se vivos, quer dizer cavavam um buraco, estendiam-se no fundo e ficavam a olhar quem lhes lançava os torrões, talvez o Virgílio tivesse razão, apenas defuntos nas fragas e as luzes no escuro o que sobeja das aldeias desertas, devido à ausência de janelas não sabia se a chuva continuava lá fora, o mês ainda março e qual o ano em que estava visto que um tempo contínuo onde lembranças não

dele, das criaturas das restantes camas como se calhar as suas lembranças nos outros, parentes que não conhecia, um fulano a entregar-lhe um cestinho de pêros
— Artur
a notar que se enganara e a tirar o cestinho
— Desculpe
a insistir, arrependido, que aceitasse uma fruta
— Faço questão
esfregando-a na manga a melhorar as cores
— O meu cunhado não se importa fique com o pêro
a mãe a insistir com o tio
— A sério que não ouves?
explicando-lhe o gato e o tio a duvidar
— Faz barulho com o rabo?
o correio das quatro passava sem que lhe entregassem as cartas, devolvam-me os pinheiros, a serra, a infância que trouxe para o hospital e me pertence, a mulher do veterinário a sorrir para o livro, o piano do sótão não tocava e contudo uma polca secreta, chamava a mãe
— A polca senhora
a mãe de palma na orelha
— Que polca?
abriu a tampa do piano e as cordas quietas
— De onde virá o som?
e vinha do miúdo que fora a enganar-se nas notas, o professor obrigava-o a tornar ao princípio
— Não há maneira de aprenderes
volta e meia adormecia e as formas de novo sobrepondo-se e afastando-se, rodando lentamente ou erguendo-se e caindo depressa, pareciam definir-se e ele
— Avô
espantado que a sua boca
— Avô
quando o avô nada podia, olha a varanda sem jornal, olha a vinha deserta, sobravam os óculos na cómoda e ao colocá-los a mobília torcida
— Era assim que via a casa senhor?

formas e formas, a ilusão que vozes e não vozes, presenças e não presenças, tentava dar nome às formas e não achava o nome, a criatura da cama vizinha deixou de gemer porque os homens da serra a estrangularam e urzes somente, a mulher do veterinário fechou o livro e sorriu e lembrou-se da mãe ao referir-se-lhe

— Aquela

abanando a cabeça, o que sucedeu com a mulher do veterinário diga-me, o marido instalava-se na varanda com o avô ao domingo enquanto o fumo da serra esbatia as aldeias, a mulher não nas tílias a sorrir aos girassóis do quintal, ignorava o motivo de o sorriso lhe trazer a doença de volta sem que a harpa da dona Irene o protegesse, cada corda um nervo seu que ela feria aleijando-o, uma empregada do hotel corrigiu-lhe os pingos do soro e as narinas observadas do travesseiro gigantescas, outra empregada depenava frangos nas traseiras e as plumas espiralavam-lhe à volta de modo que plumas também no hospital sem tombarem, em outubro regressava da igreja perseguido pelas folhas e cada folha cancro, cada pluma cancro, cada gota de soro cancro, a morte a cercá-lo sob um céu de catástrofe, solas e solas na rua, se uma campainha tocava traziam um biombo e atrás do biombo agitações, murmúrios, as lâmpadas pestanejavam sinais preocupando-se consigo, interrogava-as

— O quê?

porque se soubesse não morria e mais cubos, mais pirâmides, mais esferas a impedirem-lhe a vida, julgou enxotar as formas com o braço do soro e em lugar de se arredarem cresceram, a estrangeira loira cirandou-lhe um instante na cabeça como um pavio secreto e as copas dos áceres tornaram-na mais real ao garantirem-lhe

— Estás vivo

e claro que estava vivo, não eram para ele as solas nem o dobre nem o caixão aberto, a mãe na sua orelha

— Ouves o rabo do gato?

de dedo nos lábios a pedir silêncio porque o gato um assunto só deles, formas, formas que iam e vinham e tornavam a ir, sobrepunham-se e afastavam-se, rodavam lentamente ou erguiam-se e caíam depressa, que absurdo isto tudo, chamar o Virgílio para que a carroça o levasse para casa a abanar entre amoras, de vez em quando um pontinho de sol nas paredes e a memória do frasco de rebuçados enterneceu-o, achava-se na vila, não em Lisboa, a prova o perfume dos eucaliptos, moscardos, penedos, o médico à empregada dos frangos

— Amanhã ou depois transfere-se para a enfermaria

e os lobos agachados na erva diante dele no corredor do hospital, a mãe com saudades do passado

— Cresceste

e o rabo do gato a ecoar estrondos na casa, vozes que não eram vozes, presenças que não eram presenças, uma espécie de sonho simultaneamente desarticulado e preciso, o médico levantou o penso para examinar a cicatriz

— Vamos esperar o resultado da peça

e que curioso chamar peça à doença, esmiuçá-la ao microscópio, escrever sobre aquilo, ele um número e um nome, nem sequer uma forma, no começo da página, o nome que não fixaram e portanto não existe, existe a descrição do que chamavam peça e o que os preocupava era a peça, não ele, ele na varanda no lugar do avô esperando o comboio do meio-dia com o jornal ou passeando na vinha sob as nuvens de março e ao lembrar-se das nuvens apostava que desde ontem não parou de chover, a última coisa que recordaria eram as gotas no vidro, não gente, não a vila, gotas na direcção dos caixilhos e depois dele mais gotas sobre as gotas e novas gotas sobre as mais gotas num inverno perpétuo, outra peça mirando a chuva no seu lugar com a mesma surpresa e o mesmo terror, a mãe de gato nos joelhos

— Ouvem-lhe o rabo mexer?

quando aquilo que se ouvia era o rápido das seis a chegar da cidade e no rápido a viúva do major com quem o pai conversava às escondidas, a dona Lucrécia no alpendre

— Rapaz

e a palma gorda a chamá-lo, não respondas, foge, a viúva do major para o pai nas traseiras do quintal

— Riqueza

e os estores a baixarem na calha, o pai entre os limoeiros que o ameaçavam

— Vamos contar a toda a gente palavra

a avó a enxugar a mãe com o lenço

— Tem paciência é homem

se ao menos ele fosse homem para a estrangeira loira do hotel dos ingleses em vez de uma criança com uma bola de ténis na mão, o pai a entrar em casa, a pedir à cozinheira uma selha com água e a sumir-se no vapor, adivinhava-se uma esponja e as costas curvadas, o pai no interior da toalha

— O que fazes aqui?

e não fazia um pito, admirava-se, tentou barbear-se com a navalha e nenhum pêlo crescia, construir uma risca e o cabelo em desordem, entrou no quintal da viúva e os limoeiros

— Que tolo

cortinas de crochet e um pêndulo de relógio em vénias profundas, um dos sapatos do pai de lado, o outro perdido e o pai às aranhas com a fivela do cinto

— A malvada encravou

não descalço, em meias com um buraquinho na ponta, a viúva comovida com as meias

— Queres que tas cosa riqueza?

a ajoelhar-se de roupão florido e por baixo do roupão laçarotes e fitas, a avó a elogiá-la apesar do adultério

— Estudou num colégio do Porto

a viúva tirava devagarinho as meias ao pai, a mão esquerda o garfo e a mão direita a faca numa delicadeza de extracção de espinhas

— Maria Madalena fez o mesmo ao Senhor

mais perfeita que a avó a dividir o salmonete ao meio e a juntar a pele e a cabeça que o impressionavam num prato mais pequeno

— Podes comer agora

enquanto o avô perseguia as espinhas com a língua, todo ele à procura entre a gengiva e a bochecha, encontrava a aresta, perdia-a, voltava a encontrá-la, empurrava-a com pre-

caução ao longo de um funil de lábios, apanhava-a com dois dedos, esfregava-os um no outro para se libertar dela, secava-os no guardanapo e recomeçava a pesquisa
— Nunca vi tantas que gaita
a sua única frase durante os doze anos em que morou com ele, mal o avô poisava os talheres e iniciava as manobras a família de talheres poisados também, alvoroçada, suspensa, a avó agarrava-me o cotovelo numa premonição de velórios até se alargar num suspiro de júbilo
— Conseguiu
e a serra a aumentar aliviada, os pés do meu pai complexos, esquisitos
— Riqueza
e o major benigno na moldura ao contrário dos defuntos da avó tremendos de rancor, dedicatórias numa caligrafia tão aguda que se alguém lhes tocasse picavam, se calhar o que o avô ia puxando da garganta eram dedicatórias, não espinhas, no quarto da viúva o pai mais um pêndulo em vénias profundas
— Caramba
que uma dezena de
— Riqueza
acompanhava esvoaçando asinhas lânguidas, ele recordado da avó a enxugar a mãe com o lenço
— Tem paciência é homem
ou diante da estrangeira loira do hotel dos ingleses e o seu reflexo desiludido na superfície da piscina
— Nunca serei um homem
nunca pés esquisitos ou uma selha de vapor, ouvia o rabo do gato, gostava de rebuçados, tinha medo de centopeias, a dona Lucrécia
— Homem
mentira
— Rapaz
ele com a mãe nos bancos da igreja e o pai direito sem cerimónias com Deus, na altura da Elevação não baixava a cabeça, fixava a hóstia de igual para igual, como podia a estrangeira loira tratá-lo por

— Riqueza
se ele tão baixinho, tão fraco, incapaz de conduzir a carroça na vereda de amoras e portanto não ao lado do Virgílio, na caixa das batatas vendo passar pinheiros e o que sobrava entre ervas da capela antiga, se a cozinheira do hotel o depenasse aceitava conformado, a estrangeira loira guardou os cremes e foi-se embora devagar na esperança que a seguisse, infelizmente não podia segui-la
— Tenho só oito anos senhora
e a estrangeira loira
— Oito anos?
a sumir-se entre os buxos num desprezo zangado.

24 de março de 2007

Da mesma maneira que em criança tinha a certeza de não morrer nem se tornar um retrato que um suspiro emoldura pensava que os comboios ao fundo da vinha, o mercadorias, o rápido, o correio das quatro transportavam pessoas consigo que mais não fosse o maquinista e o fogueiro e hoje no hospital, de ouriço no interior do corpo, dava-se conta que os comboios vazios, filas de carruagens desertas vindas não se sabia donde e a caminho de quê, de janelas acesas à noite e ocas de dia que deixaram de parar na estação em que largavam o jornal do avô e um ou outro baú aferrolhado e secreto, dava-se conta que a história contada pela avó, para o fazer engolir a sopa, de uma menina que perguntava em todos os apeadeiros
— O Antoninho comeu?
avisando os adultos
— Se não comeu sou capaz de chorar acreditem
uma treta, ninguém chorava por ele, a única verdade era o ouriço a dilatar-se e ele a calcular as zonas que ia ocupando uma a uma, se a menina existisse chorava o tempo inteiro abraçada a um bicho de pano e ele com pena dela e de si a percorrer as carruagens chamando-a, não espreitava os caixilhos do hospital para esquecer a chuva nem se incomodava com as enfermeiras para as não recordar, abandonando a serra o Mondego amieiros e pássaros, o pai
— Já é um rio Antoninho
a espreitarem a água em que giravam galhos, um pai diferente daquele que conhecia a perguntar-lhe
— Sabes?
e a calar-se arrependido, diga senhor antes que um farrapo de noite entre nós e o ouriço nos ouvidos a impedi-lo

de escutar como não escuta a menina que o chama do passado, tudo vivo nele menos ele, as empregadas do hotel e os comboios no ritmo do coração cuja ansiedade o espantava, o pai que três anos antes se transformara em perfil, telefonaram da Clínica e o nariz imóvel, nenhuma bola de ténis a saltar sobre a cerca e portanto nenhuma necessidade de procurá-la nas moitas, julgou
— Sabes?
mas o pai já retrato sem suspiro a emoldurá-lo, a claridade das amoreiras no jardim da Clínica, no armário, na cama, a boca um último
— Sabes?
se calhar não dito, conte o seu segredo, ajude-me, tropeço carruagens adiante não à procura, a escapar do que levo comigo, as amoreiras inchavam e retraíam a coberta como se o pai a mover-se sob ela e a Clínica um comboio Lisboa fora na direcção da serra, que é da certeza de não morrer, o senhor vigário
— Não morres como?
a erguer a batina devido aos charcos e as canelas estreitíssimas, os comboios partiam vazios e o quarto com eles a abanar entre as árvores, nas aldeias uma passagem de nível e uma camponesa de lenha à cabeça a segui-lo parada, fazia-lhe jeito um rato de chocolate para suportar o medo, não fiques com o rato na palma, come-o, lembrou-se da avó a acariciar-lhe a nuca
— O que vai ser de ti?
e do anel com um lacinho de prata, que idade tinha você, sessenta, setenta, o médico a decifrar papéis
— Vamos explorar as hipóteses
e por segundos um optimismo insensato, pronto a colorir uma palavra, um sorriso, o avô recusou o jornal e a mãe desiludida
— Não toma a sopa ao menos?
tragam um rato de chocolate e pode ser que o aceite a olhar encantado o bigode e as orelhas, abram a boca ao estender a colher que ele abre a sua também, já não pescoço,

cordas e nenhum brilho nas unhas, a hera a crescer na varanda não pareceu entusiasmar-se quando o tio o ensinou a andar de bicicleta entre o castanheiro e o portão trotando-lhe ao lado a equilibrar o selim
— Pedala
o tio exausto lá para trás e ele sozinho direito à garagem sem conseguir travar, a garagem subitamente enorme e o tio distantíssimo
— Pára
ultrapassou um canteiro, um segundo canteiro, o médico
— Vamos explorar as hipóteses
e ele contente embora a incisão principiasse a maçá-lo, isto é não dor ainda, a vizinhança da dor, o que em algumas horas se tornaria dor, impossível de travar como a bicicleta apesar dos gritos do tio, uma raiz desviou o pneu da frente e não o portão agora, um pilar de granito com um vaso em cima, o avô distraído com o rato de chocolate não o via da sala, chinelos cuja existência desconhecia, o avô sempre calçado até então, como este quarto é branco e que inquietante o branco que o negro do ouriço invadia de espinhos, tudo negro e branco, que é das restantes cores, onde está o fato que trouxe para o hospital e o relógio e a carteira, tenho medo do branco, peguem-me no selim e impeçam o pilar de crescer ao meu encontro, o avô nem casaco de linho nem calças de sarja, um pijama com os botões trocados e ele com pena do avô
— Senhor
a suspeita que solas no hospital, o senhor vigário, um sino, para além das gotas na janela as gotas do soro que demoravam a tombar, a vizinhança da dor fluía e refluía abandonando ao ir-se outras que julgava esquecidas, o arame que se lhe espetou no dedo e o desinfectante um parafuso cruel até ao osso, a rapariga que não lhe respondeu às cartas e durante um mês ou dois, tão cómico agora, a tentação de matar-se, apesar da velocidade a bicicleta, como explicar, embateu devagarinho no granito, a testa e os cotovelos contra a pedra e tudo isto em silêncio, o tio junto dele

— Não te mexas

e o quadro da bicicleta a pesar-lhe na anca, julgou ouvir a mãe

— Quem és tu?

ao visitá-la às terças-feiras não sabia se a visitava a ela ou ao seu próprio passado embora se reconhecesse mal num lugar onde não descobria o que tinha sido, descobria imagens de imagens e compartimentos mais desertos que os comboios, o médico

— Vamos explorar as hipóteses

vamos explorar as hipóteses que patetice, é capaz de ser bom tornarmo-nos um retrato que um suspiro emoldura, o tio levantou-o do chão

— Não tens nada partido

e o perfume dos eucaliptos de novo, a dona Lucrécia no alpendre e o senhor vigário a emendar buganvílias, a mãe não se recordava dos castanheiros nem do poço, se lhe falava na vila o movimento de acariciar o gato que se detinha logo

— É verdade

e é verdade o quê mãe, já não há barros nem ourives na feira, a campainha da bicicleta um tilintarzito murcho, desejo que lhe acariciassem o braço do soro, lhe pegassem na mão e comboios ao fundo da vinha, julgava que pessoas e vazios, o enfermeiro que lhe media a temperatura

— Daqui a uma semana anda para aí impecável

como as carruagens desertas a oxidarem-se sob arbustos cada vez mais altos numa via secundária de estações cujo nome se ignora onde as raposas e os ginetos cavam ninhos, a mãe

— O poço

e pensar no poço ajudou-o a adormecer uns minutos distanciando-se do ouriço, tem razão senhor enfermeiro, daqui a uma semana ando para aí impecável ou de bicicleta em redor do tronco, o tio

— Faz um oito

e o pilar de granito inofensivo, cúmplice, a ordenar igualmente

— Faz um oito Antoninho

e ele oitos atrás de oitos junto à piscina do hotel com a estrangeira loira a aprová-lo
— Riqueza
não em português é evidente, no vocabulário dela, ainda que o não entendesse apostava que
— Riqueza
e um sapato de lado, o outro perdido, roupas no chão, a bola de ténis não o preocupava em que arbusto
— Sou um homem já viu?
mesmo que o pai
— É para hoje essa bola?
o que o ralava a bola, vá buscá-la você, estou ocupado, não posso, a pele das mulheres tão suave e o consentimento, a avidez, tira-me os calções, despe-me, mostra à piscina quem manda, ao abrirem os olhos não é connosco que estão, regressam de um lugar que se ignora onde fica, demoram a reconhecer-nos e ao reconhecerem-nos
— Riqueza
submissas, gratas, molengonas, reparem no pestanejar e nos ditos confusos, o enfermeiro
— Óptimo
ele quase
— Ditos confusos
e a deter-se a tempo
— Adormeci desculpe
consciente que a chuva parara, gotas fazendo parte do vidro sem outras gotas em cima, sentia a urina na algália não lhe pertencendo, atravessava-o apenas como as recordações e as ideias o atravessavam apenas, o passado remoto, o presente alheio, o futuro inexistente, carruagens e carruagens numa linha secundária sem rodas nem portas, se lhe perguntassem o nome hesitava, no caso de possuir um nome a algália levá-lo-ia para um saco graduado e ele sem nome outra vez, a bicicleta no saco, a avó no saco, a mãe no saco
— Quem és tu?
a tocar-lhe na cara
— Não te conheço

por estranho que pareça, e parecia-lhe estranho, nasci de si, morei consigo, acabei, tudo me abandona, me esvazia, me larga e no entanto a dona Lucrécia
— Rapaz
é impossível que a dona Lucrécia se esfume, durará para sempre, no quintal dela um freixo que assustava os pardais, se um pássaro se aproximasse engolia-o conforme a doença o engolia a ele, puseram-lhe fraldas e não estranhou as fraldas, limpavam-no com um pano e as suas intimidades a baloiçarem inúteis, a estrangeira loira da piscina
— És isto?
isto que embrulham de novo e ele nem sequer
— Sou isto
aceitando, dizer ao médico
— Faça o que quiser
que eu aceito, a humidade da nascente do Mondego nas têmporas, rochas, giestas, um amieiro a florir, se
— É para hoje a bola?
vasculharia de gatas nos buxos, o pai a apontar com a raqueta
— Mais à esquerda
e embora convencido que não ele à esquerda picando-se, o dono do hotel a verificar os traços do ecrã
— Mais animado amigo?
não, o dono do hotel
— Encontrou a bola?
não, o dono do hotel ao enfermeiro
— Disse-lhe que daqui a uma semana anda para aí impecável?
a fazer oitos com a bicicleta e a entrar na mina de volfrâmio só ecos, sobravam camponeses nos seus buracos da vila, quantos camponeses no hospital com ele, quantas velhas de luto a espreitarem-no, entre a serra e o céu a linha de claridade que antecede a manhã e um ou dois milhafres sem atinarem com o caminho, é nos vales que as trevas principiam, figueiras que minguam, nenhuma brisa nas coisas, o professor mandava abrir os cadernos a anunciar

— Ditado

e ele inteiro no papel

— Título O balão

o escorrega no pátio, Deus queira que ainda hoje o escorrega, alguma coisa que resista além da mancha da serra, não espreitava a janela do hospital por causa da chuva e a possibilidade do pomar feliz de vê-lo acanhava-o, as peras, as maçãs, a cerejeira que não passava das flores, julgava que em semanas cerejas e as flores desfaziam-se, uma soma mal apagada no quadro, mapas com as bolinhas das cidades e as veias dos rios, cada província uma cor diferente, o mar à esquerda, um espaço à direita com a palavra Espanha não horizontal, vertical e um insecto esmagado sobre a última letra, não acredito que não haja comboios que partem nem que os cachos apodreçam nas vides, não acredito que eu morra, admito as fraldas, a algália, as dores, o ouriço mas não faz sentido eu morrer e por não fazer sentido fico, mesmo que

— Faleceu

fico, mesmo que não respire, o soro parado e a linha do ecrã uniforme fico, a minha mãe a descobrir-me

— Antoninho

e por conseguinte fiquei, depois da casa vendida eu aqui, depois de outro doente no meu lugar eu aqui, a um canto mas aqui, sem darem por mim e aqui, o professor

— Na outra linha Bochecha de menino me deu vida

e a prova que eu aqui estava na minha aflição com a bochecha, buxexa, buchecha, boxexa, buxecha, buxexa de menino me deu vida, não, boxexa de menino me deu vida, bochacha de menino me deu vida, a minha bochacha nunca deu vida a nenhum balão, medo que rebentassem num estrondo, medo de estrondos, medo de balões, empurravam-se com o indicador e navegavam ao acaso de guita a ondular, mudavam de direcção, tombavam delicadíssimos, oscilavam, detinham-se, a bochecha de menino me deu vida a persegui-lo desde os sete anos, viscosa, tenaz, não me dêem um rato de chocolate para dormir antes do ditado, não quero que os meus pais recebam uma carta da escola e me castiguem, quero descer o

escorrega até à caixa de areia e levantar-me de um salto, se o médico me perguntasse
— Como se sente amigo?
respondia
— Buchacha
não, respondia
— Bochecha de menino me deu vida
orgulhoso porque nem um erro no ditado, o que é a doença ao lado da bochecha de menino me deu vida, o que são metástases ao lado de uma esfera que nada devagarinho, sem peso, com Armazéns Victória Tudo Para A Mullher Moderna impressos, ao segundo dia a esfera principiava a mirrar, ao terceiro necessitava que a bochecha de menino lhe desse vida de novo, a mãe desatava o cordel com o bico da tesoura e o balão um trapo, os Armazéns Victória Tudo Para A Mulher Moderna minúsculos, soprava, suspendia-se a meio apertando o pipo com dois dedos
— Cansa
recomeçava e os Armazéns Victória Tudo Para A Mulher Moderna decentes, ao prender o cordel soltava um nico do sopro, diminuía mas capaz de navegar sala fora, uma fresta de janela conduzia-o ao tecto, uma segunda fresta baixava-o ao seu encontro, entregava o ditado ao professor ou seja entregava-lhe o balão e o professor um traço encarnado na bochecha
— Buxexa?
um casal de cães desinteressou-se um do outro e ficou no recreio a farejar coelhos que não existiam ou a urina do saco da algália que parecia excitá-los, a acompanhar o escorrega um carrossel diminuto, três cavalos de madeira e as crinas, que haviam sido loiras, castanhas, o professor desenhou no quadro, num vagar sábio, bochecha, sublinhou a bochecha, rodeou-a de uma oval, rodeou a oval de um pentágono acentuando cada letra com dois traços e ele a estranhar
— Bochecha?
a duvidar
— Bochecha?

a negar em silêncio
— Bochecha uma ova
antes de esclarecer com o médico
— Como se escreve bochecha?
dado que a estrangeira loira inglesa e em inglês outra história, o médico surpreendido
— Bochecha?
a experimentar com a caneta no bloco, a riscar, a experimentar na margem
— Buxexa?
e a decidir
— Tanto faz
embora o enigma permanecesse visto que uma das sobrancelhas mais grossa, na zona da memória onde a escola nítida, não um professor, uma professora a encaixar os óculos com o médio, o diabético que se injectava a meio das aulas e o que sofria das glândulas e não se despia no ginásio, assistia às lições num banquinho, o nome da professora surgiu-lhe num pulo interior, dona Anabela Sousa Ferreira, espantado de tão presente em si, o cheiro a fechado do casaco, a zanga
— Copiaste
o relógio de pulso de homem que aplicava ao ouvido certificando-se que trabalhava a bater o mindinho no mostrador, incrédula que as aulas tão compridas, as noites eternas porque as pastilhas de dormir não faziam efeito e o pai a importuná-la
— Há quantos anos não me visitas a campa?
o cabelo da dona Anabela Sousa Ferreira pintado com tinta barata, não de farmácia, de drogaria
— Há a tinta que eu gosto senhor Medeiros?
e as raízes grisalhas, interrompia-se durante a aula
— Não me aborreça pai
a adverti-lo com o ponteiro e a continuar a lição, o que sofria das glândulas não errava uma pergunta, as mães dos colegas para a mãe dele
— Parece melhorzinho o seu filho

e a mãe que se abastecia de tinta no mesmo droguista que a dona Anabela Sousa Ferreira a desfiar radiografias, análises, termas
— Uma cruz
com o filho pela mão, pendente, murcho, senhor da tabuada e da gramática, adjectivos, conjunções, verbos, os reis todos por ordem
— Uma cruz
volta e meia faltava uma semana derivado à exaltação das glândulas, regressava mais pálido e de tornozelos inchados a recitar cordilheiras e batalhas numa cadência monótona, o director para a dona Anabela Sousa Ferreira
— O que ele podia ter sido
e ficavam ambos circunflexos de melancolia a concebê-lo ministro, o médico distraído do ouriço
— Se o das glândulas cá estivesse resolvia o problema da bochecha num rufo
mas uma guinada das supra-renais e a bochecha para sempre um mistério, a saudade da serra trouxe os comboios abandonados e uma locomotiva que tombara de flanco na atitude de um animal moribundo, quase com focinho, com patas e uma cauda inerte, o avô a desdobrar o jornal na sombra da varanda, a governanta do senhor vigário cortava um cacho da latada e silêncio porque a dona Irene ausente e a harpa a desmembrar-se na cave, quem sou eu mãe adivinhe conforme adivinhava a sua resposta
— Não sei
e as pálpebras, não os olhos, buscando-me, o médico em voz baixa, não de adulto, de criança, numa surpresa idêntica e num idêntico terror
— A dona Anabela Sousa Ferreira o mesmo problema que você sabia?
o mesmo problema, o mesmo casaco, o mesmo pai a importuná-la
— Há quantos anos não me visitas a campa?
mete-se-lhes uma cisma no raciocínio e não a largam mais atazanando os vivos, a dona Anabela Sousa Ferreira não

— Copiaste

como outrora, a desconfiar do relógio, que coisa impossível de entender o tempo, a dona Anabela Sousa Ferreira uma chamazinha a aumentar e a extinguir-se

— É perigoso doutor?

e dúzias de balões dos Armazéns Victória Tudo Para A Mulher Moderna no gabinete do hospital roçando na secretária, no ficheiro, na marquesa, não apenas as raízes grisalhas, mais de metade do cabelo grisalho que a tinta não anulava ou desistiu de comprar na drogaria, para quê e o

— Para quê?

nele também, para quê os ecrãs, o oxigénio, as fraldas, não tirem os ratos de chocolate dos copinhos de plástico, não me obriguem a tomá-los num ciscozito de esperança, a questão da bochecha, buchecha, bochacha, buxexa insolúvel até ao limite dos séculos, o médico

— O mesmo problema que você sabia?

ou seja a bicicleta a aproximar-se do pilar de granito e a dona Anabela Sousa Ferreira incapaz de girar o guiador e escapar-lhe, a dona Anabela Sousa Ferreira

— É perigoso?

e o médico na carteira de escola a hesitar na resposta, o das glândulas no seu lugar respondia, não se queixava, não protestava, suspendia-se da mãe capaz de adjectivos, dinastias e conquistas que se calhar sob a terra vão alimentando as lagartas, nenhum escorrega na escola do médico, um recreio de cimento onde as poças da chuva duravam o ano inteiro, um mapa como o dele, o crucifixo, a ardósia, o diabético à procura da seringa e o nome a pular por seu turno, o que é a cabeça da gente, o médico triunfal

— Amadeu das Neves Pacheco

a tralha que arrastamos Santo Cristo, o que faço com o Amadeu das Neves Pacheco, expulso-o ou permito que se mantenha submerso juntamente com outros nomes e outros sucessos antigos, o médico a guardar o

— Amadeu das Neves Pacheco

num cofre íntimo desembaraçando-se dele, fica para aí junto da dona Anabela Sousa Ferreira sem tinta no cabelo que não deu mostras de o reconhecer
— É perigoso?
ocupada a escutar as próprias vísceras desiludida com elas
— Porque me atraiçoaram vocês?
sem que nenhuma respondesse
— Não foi por mal senhora
conforme o médico ao quebrar o giz no quadro
— Não foi por mal senhora
tentando unir os pedaços rezando para que se colassem e não colavam, guardar também o giz no cofre, como se lida com o passado ensinem-me e já agora como se lida com este molar que lateja, um coraçãozinho inesperado no fundo do dente a bater, pensava que osso apenas e vive, diminui e aumenta a crescer-me lá atrás, não chama por socorro, inferniza-me, o que sucedeu aos Armazéns Victória Tudo Para A Mulher Moderna onde a mãe lhe comprava a mochila dos cadernos, não a que pediu, uma com correias de pano em vez de cabedal, durante o primeiro período inteiro detestou a mãe por isso
— É perigoso?
e claro que é perigoso dona Anabela, dura cinco ou seis meses, não gaste mais dinheiro com a tinta do cabelo, o que tem no frasco chega descanse, a dona Anabela Sousa Ferreira não rejubilou com a economia, ao chegar a casa deitou o frasco no balde da cozinha onde o canário sem cancro na gaiola de cana, não macho porque não cantava, uma fêmea de olhar desditoso, pelas contas do médico a dona Anabela Sousa Ferreira setenta e tal anos, xícaras desemparelhadas dado que os objectos se gastam, nada é eterno e ela desemparelhada também, o sol dos outros na cortina, o junho dos outros e por cima da doença, que azar, a asma dos pólenes, o ar entra, não sai, como a doença entra, não sai e o molar a bater em crescendo sem sair tão pouco, a mulher do médico
— Que fita por um dente

ocupada ao mesmo tempo com uma revista e o forno, interrogá-la
— Como se escreve bochecha?
e a mulher a ascender da revista e do forno com uma blusa sem graça e um avental pouco limpo
— Não andas bom do juízo?
se calhar não andava bom do juízo, buchacha de menino me deu vida, não mudo, em voz alta
— Buchacha de menino me deu vida
o médico que nunca estivera na serra cercado de comboios vazios que passavam sem se deter e a mulher a observá-lo pasmada
— Perdão?
não reparando no diabético, no que sofria das glândulas, na dona Anabela Sousa Ferreira que anunciava
— Ditado
seguindo as linhas com o lápis
— Título O balão
tudo tão presente, o cheiro do casaco, o relógio contra o ouvido a certificar-se que trabalhava incrédula que as aulas tão compridas, os dias tão compridos, as noites eternas porque as pastilhas de dormir não faziam efeito, o pai a desinquietá-la
— Há quantos anos não me visitas a campa?
a dona Anabela Sousa Ferreira a libertar-se do pai
— É perigoso?
coisa impossível de entender, o tempo, ela que não tinha tempo, cinco ou seis meses no máximo, não gaste dinheiro com a tinta do cabelo, o que tem no frasco chega e a dona Anabela Sousa Ferreira não rejubilou com a economia, a dona Anabela Sousa Ferreira antes de chegar a casa e deitar o frasco no balde
— Na outra linha Bochecha de menino me deu vida
onde o canário na gaiola de cana, xícaras desemparelhadas dado que os objectos se gastam e nada é eterno e ela desemparelhada também, o sol dos outros na cortina, o junho dos outros e por cima da doença uma dúzia de balões dos Armazéns Victória Tudo Para A Mulher Moderna subindo e descendo as suas guitas a acenarem adeus.

25 de março de 2007

Via caras e não conhecia ninguém, falavam-lhe e não escutava, ocupavam-se dele e não era dele que se ocupavam, o nome que julgava seu de um estranho, o corpo que cuidava pertencer-lhe de outro, não estava ali e de quem as pernas sem força e os braços que não conseguiam um gesto, perguntavam-lhe como se sentia e calado, incapaz de responder
— Não é a mim que perguntam
o pingo no sapato
— Temos de tratar uma inflamaçãozita no rim
e que esquisitas as palavras referidas ao que mora sob a protecção da pele, rins, pulmões, pâncreas ocupados em tarefas que lhe não diziam respeito ele que se imaginava de uma matéria apenas, facílimo e nisto o avô a abrir a própria boca ao estender-lhe a colher e os dentes de ambos idênticos salvo que os do avô maiores, os seus assim um dia e o higienista
— Não me agradam
embora não lhe desagradassem a ele, viviam juntos desde que se recordava ao passo que os rins, os pulmões e o pâncreas, que não calculava como eram e de cuja utilidade tinha uma noção desfocada, principiavam a existir com o tempo e desregulavam-se logo visto que à mesa, ao lado dos talheres dos avós e do tio, embalagens destinadas a corrigirem-lhes os caprichos, se calhar crescia-se a fim de que houvesse lugar para esses objectos precários que necessitavam de injecções e dietas, por que carga de água a idade acumula nas pessoas mistérios desastrosos, o dono do hotel dos ingleses às voltas com o fígado, a dona Irene a recusar biscoitos em nome da diabetes, julgava que as pessoas viviam ao seu lado tal como vivia ao lado delas e descobria a pouco e pouco a substância

incompreensível de que eram feitas e de que também ele era feito agora

— Temos de tratar uma inflamaçãozita no rim

afinal idêntico aos restantes, cheio de minhoquices nascidas depois dele que além de o ocuparem se estragavam, supunha a morte um cortejo de solas na rua em lugar de um assunto entre o dono do hotel e o fígado e esta evidência aumentou-lhe a surpresa e o terror porque era ele só quem falecia, não a vereda de amoras ou a nascente do Mondego, como viver sem um amparo, nem sequer os eucaliptos, a solidão do fim e a perda dos pobres tesouros que conservava

— Na outra linha Bochecha de menino me deu vida

com um biombo em torno e apesar do biombo a bochecha a interessá-lo, enfermeiros que entravam e saíam, vozes, ordens e depois cada vez menos enfermeiros, menos vozes, menos ordens e depois o seu corpo na cave do hospital a que faltava reboco, uma gaveta a abrir-se e o último balão dos Armazéns Victória Tudo Para a Mulher Moderna e a sua infância dentro, a vila sem galinhas nem gente, meia dúzia de velhas de travessa em travessa e um desses pássaros que a névoa da serra desorienta em outubro e recupera em abril graças à bondade do vento, o que significa uma inflamaçãozita no rim, o que significa doença, o que se passa comigo, o pilar de granito de volta e eu a pedalar para ele, o que podia a minha avó para além de rezas e compotas

— Prova uma colher e melhoras

a apontar os comboios ela que nunca viajou em nenhum, não conhecia Lisboa, não conhecia o mar, levantava a tampa do piano e tornava a baixá-la porque não abandonara o luto desde as febres de um cunhado em Goa de cujo corpo se mantinha à espera, o empregado da estação

— Mal a urna chegar eu aviso-a

dava por ela na plataforma de missal contra o peito e um sorriso de esperança, como foi capaz de aguardar ossos durante tanto tempo avó, não era o cunhado nem o bigode do cunhado mil vezes descrito

— Um bigode de artista

que lhe entregaram numa caixa mas uma dúzia de carvões apanhados ao acaso sabe-se lá de quem, a avó

— O meu cunhado muito maior que isto

a chocalhá-los desconfiada, a mãe a chocalhar por seu turno argumentava

— A Índia apequena os cadáveres mamã

a avó inabalável

— Ainda a semana passada o teu padrinho me apareceu enorme zangado pelo retrato dele na fila de trás da camilha

a trocar a ordem das molduras num jogo de precedências diplomático, como os finados se preocupam com as hierarquias meu Deus, sonhos de importância, prerrogativas, vaidades, não se dá pelo meu boneco sem um abajur que o ilumine, falta-me um vestido no armário, nunca mais usaste o alfinete que te deixei e não venhas dizer que se perdeu, prima Eufémia, prima Galhó, o bisavô Themudo que negociava em ferragens, facturas com Themudo & Sereno impresso em arco-íris e a lápis três fechaduras e o rabisco do preço, montes de defuntos ciosos de respeito e ele na gaveta sem que o informassem do seu lugar no álbum ou do género de esquadria a que tinha direito, pareceu-lhe escutar a hera suspirar à noite ou os castanheiros a desistirem sem que suspeitássemos dado que os ramos verdes e os frutos crescendo, qual o motivo de esconderem a alma, o Virgílio sempre

— Estou bem

a diminuir na almofada, um golito de vinho animava-o, ganhava uma corzinha

— Esta tarde levanto-me

e permanecia deitado

— As pernas não obedecem

quase sem relevo na manta, blocos de facturas do bisavô Themudo intactas e caixotes de cadeados na garagem, desmanchavam-se com um pé de cabra e misérias ferrugentas, o bisavô Themudo na prateleira do corredor onde os antepassados secundários se acumulavam em ovais baratos e no entanto o arco-íris dos nomes, Themudo & Sereno, impo-

nente, havia tardes de julho depois da chuva em que se percebia nas nuvens Themudo & Sereno sobre matas de freixos, a avó
— Era o meu irmão que lhe pagava as dívidas
e os óculos do bisavô a enervarem-se, ao perguntarem-lhe pelo senhor Sereno livrava-se dele com uma careta
— O Sereno
num desdém raivoso
— Levou o dinheiro que conseguiu apanhar
deixando as facturas como recordação, em que se ocuparam em vida meu Deus, pingalins de bambu, golas de cetim, cabelos em canudos a ocultarem feições, a própria avó de cabelo em canudos nos joelhos de um velhote calvo e todos hoje em dia carvões numa caixa sem voz, via caras e não conhecia ninguém, falavam-lhe e não escutava, ocupavam-se dele e não era dele que se ocupavam
— O rim espevitou
sem que lhe importasse o rim, o que é um rim, quantos tenho hoje, parentes cuja existência ignorava a esmagarem-lhe o nariz contra a barriga no funeral da avó
— Antoninho
criaturas que o rápido escondia, de trouxinha do almoço no colo, e depois de se irem embora não encontrava mais, o avô não a ler o jornal, a atravessar as páginas com os olhos até ao lado oposto da serra, tudo à sua volta a transformar-se em granito inclusive os sons, julga-se que passos e nem um passo, que gritos e silêncio, as vagonetas da mina a cambulharem mudas e a infecção do rim calada, apenas o pai junto à nascente do Mondego
— Sabes?
quando não havia que saber, não morou na vila, morou num sepulcro entre finados e velhas tal como hoje morava num quarto branco à chuva enquanto um enfermeiro lhe ordenava
— Durma
e como adormecer se tinha visto o que ficou na fralda, observou as mãos tentando calcular por quanto tempo unhas

e dedos, os olhos do avô parados nele medindo-o, o pai à beira de uma revelação decisiva

— Sabes?

a calar-se logo e ele a pensar no que escondem, levem-me com vocês a caminhar sobre os rios, não me larguem assim, o dono do hotel dos ingleses a palpar-lhe o pescoço

— Isto é uma luta amigo

e como o dono do hotel se o volfrâmio terminou, a piscina sem água e a cozinha vazia, sobravam ovelhas ao acaso na mata e a serra a crescer, daqui a meses outubro e os lobos na escola, quem dobrará o sino por ele e o acompanhará ao lugar da família onde se acumulavam cinzas que perderam o nome além das grades no chão, o tio que o ensinou a andar de bicicleta

— Lembras-te de mim?

lembro-me que não casou, ia à cidade e voltava mais sério a recusar o almoço

— Não me apetece

a avó sem entender

— Estás doente?

e o tio debaixo dos freixos a espevitar um sapo com um caniço

— Não sou homem

encontrou-o no celeiro a desprender uma corda do gancho

— Falta-me a coragem menino

foi-se um dia de comboio

— Arranjei trabalho em Espanha

e nenhuma carta no Natal, quantas tardes o procurou na estação entre os passageiros que chegavam ou esperou que abrisse a porta do quarto anunciando

— Sou eu

julgou vê-lo no caminho da cidade acocorado numa pedra a riscar o graveto com a biqueira, escutou-lhe os passos em redor da casa em janeiro, desembaciava o vidro com a cortina e nada, a bicicleta incapaz de fazer oitos no fundo da copa, corria os dedos no pilar de granito

— Senhor

e nem assim voltava, pareceu-lhe descobri-lo no hospital ao trazerem-no de maca de um exame em que a doença

— Não saio

e ele a encher-se e a esvaziar-se num ritmo penoso, cada célula uma boquinha aflita, cada nervo um arrepio brando, o tio a desprender a corda

— Falta-me a coragem menino

não como devia ser passados anos, como era dantes a cruzar o portão com o fato dos domingos e ele calado a olhá-lo, meses atrás um camponês naquele gancho a dizer

— Antoninho

com a língua interminável, a cozinheira puxou-lhe a manga

— Fuja

uma bota no chão, uma bota no pé e ele sem fugir, quieto, as traves do celeiro numerosas de pombos, pardais bicando um cartucho, manhãs em que o tio e ele no pinhal, perguntas que lhe apetecia fazer e o embaraçavam, uma ocasião dedos no seu cabelo que se arrependeram logo

— Oxalá tu

o avô guardava os óculos e dali a pouco passos na vinha, o Virgílio decepou a corda com a foice, deitaram o camponês na carroça e o burro a girar o focinho nos varais, a cozinheira no hospital

— Fuja

e ele sem força de se levantar da cama, substituíam-lhe os lençóis rodando-o para a direita e para a esquerda e o coração o mecanismo do elefante de brinquedo que se desprendia ao tombar, a carroça afastou-se com o camponês e ele a seguir os nimbos da serra que deslizavam para leste segundo as manias de julho, percebia-se uma aldeia, uma segunda aldeia, e se passava com o pai desertas embora uma fogueirita, panos ao acaso e um cabrito que balia amarrado a um pau, porque se ocultam da gente, quem são, o avô respondia-lhe se fosse capaz de comunicar com ele mas a mãe

— Deixa-o

vivia cercado de pasmos cujo sentido lhe proibiam e morreria ignorando-o, a governanta do senhor vigário ao oferecer-lhe um cacho na latada
— Não percebes que nenhum de nós existe?
e se nenhum de nós existe quem foi ele e ao lado de quem tinha crescido, visitavam-no no hospital com prendas em que não tocava, levantavam-lhe a cabeceira da cama e não era a janela que via, eram botas e botas no portão, os carvalhos do solar do visconde sobre o muro e o pai
— Sabes?
apesar do pai morto hoje em dia e a mãe
— Quem és tu?
a experimentar-lhe a cara com os dedos, como se escreve bochecha senhora e os balões dos Armazéns Victória Tudo Para A Mulher Moderna entre eles, a dona Irene
— Queres que te ensine uma valsa Antoninho?
morava junto à farmácia e aparecia e desaparecia dos postigos numa rapidez de cuco a apressar o tempo, lembro-me do padrasto da dona Irene a arrastar no largo da feira as antenas das bengalas, a mãe da dona Irene na casa de repouso
— Acho que a asma diminuiu senhor doutor
e não diminuía
— Vamos meter um antibiótico no soro
e ele nas tintas que um antibiótico no soro, pingos que tremiam, tombavam, se dissolviam, nenhum de nós existe nem sequer a doença, o capelão do hospital com uma cruz na lapela
— Apetece-lhe desabafar?
e desabafar o quê se não havia pinheiros nem serra, o pilar de granito avançava obrigando-o a pedalar mais depressa e tanto mistério em torno, o Virgílio
— Esta tarde levanto-me
e permanecia deitado
— As pernas não obedecem
conforme as suas não obedeciam, antes da operação, na consulta do cancro, gente calada à espera, os camponeses do volfrâmio, se calhar, descendo com ele sobre os rios

— Fuja Antoninho

e o Antoninho a correr à superfície da água de mistura com lodo e ramitos, apercebeu-se das velhas e de um acampamento de ciganos com as fogueiras mornas enquanto a governanta do senhor vigário a insistir

— Não vês que nenhum de nós existe?

e não distinguia a latada, distinguia outras vilas mais pequenas, um médico desconhecido a concordar com o pingo no sapato

— É possível

à medida que ele corria na água mais ligeiro que o lodo e as folhas tão nítidas, nervuras, pedúnculos, manchinhas castanhas

— Vão chamar a carroça

mas nenhum som de dobradiças e tábuas, o professor apenas

— Bochecha de menino me deu vida

e ele aflito com a bochecha, buchacha, buxecha, buchexa, a bochecha de menino a dar-lhe vida, a arredondá-lo, a aumentá-lo tornando-o sem peso, roçava numa parede e abandonava-a girando, oitos em redor do castanheiro e a campainha da bicicleta a tilintar de orgulho, abra o portão tio a fim de pedalar na avenida de modo que se os médicos mandarem chamar a carroça não me encontram no hospital, o Virgílio

— O menino?

e a cama e os aparelhos somente, chuva nas janelas não para ele, para vocês conforme não março, agosto, amanhã e quinta-feira a vindima, a avó a tirar outro chapéu de palha do bengaleiro

— Com este sol não vais de certeza lá para fora de cabeça ao léu

e infelizmente o chapéu com uma fita cor de rosa de rapariga, porque não um boné, uma boina, buchacha, escreve-se buchacha, uma coisa de homem e o professor sem riscar a buchacha a encarnado

— Por esta vez fecho os olhos

o médico desconhecido

— Pede-se a opinião do internista

e para quê a opinião do internista se o ditado sem erros, a buchacha vitoriosa, consegui, é evidente que o internista

— Curou-se

e a carroça corredor fora no sentido do pátio, uma batata no chão, um pulo de tábuas, amoras dos dois lados da vereda, o Virgílio deixou-o pegar nas rédeas um minuto

— Já chega

no receio que um dos eixos se entortasse na berma e não entorta, o avô a subir do jornal para ele e se subia do jornal os comboios de novo, o correio, o mercadorias, o rápido, nem um vagão numa via secundária, nem uma locomotiva a apodrecer numa balsa, o pingo no sapato a seguir um gráfico

— Não se entende esta febre

o correio, o mercadorias, o rápido, aqueles que furavam a noite feitos de sombra e janelas, o relógio da estação que se atrasava sempre deslocou um ponteiro e certíssimo, a sua vida certíssima, a roupa no armário ao alcance da mão, não me segrede

— Sabes?

pai porque sei, quem sabe a buchacha sabe o resto, avisar a governanta do senhor vigário

— Não me afiance que nenhum de nós existe

que daqui a minutos eu em Espanha com o meu tio, pode ser que escreva no Natal, não pensei nisso, talvez regresse à serra ou os visite com os ciganos na mesma seriedade e na mesma mudez, o pingo no sapato

— Um problema mas onde?

e o médico que não conhecia um gesto vago que me designava inteiro, na nascente do Mondego borboletas que se desprendiam do musgo, porque não caminha comigo sobre o rio pai, porque se demora a olhar-me, não consigo escutá-lo derivado ao zumbido dos bichos, o pingo no sapato

— Pneumonia?

e o professor logo

— Redacção

o professor

— Na outra linha título A Pneumonia

pneumonia, peneumunia, pneumunia e ele a lembrar-se do cubículo onde o avô se barbeava diante do espelhinho, um dos lados do espelhinho liso e o outro côncavo, no lado liso a pessoa tal qual, no côncavo os pêlos das sobrancelhas gigantescos, o avô raspava o pescoço com a navalha mudando a forma da boca de modo a esticar a pele e ele da porta a invejá-lo, o médico pincelou-lhe o intervalo das costelas

— Uma picadinha

e uma picadinha o tanas, a intensidade da dor fê-lo tomar consciência dos dentes todos que tinha, incisivos, caninos, pré-molares, molares, dezassete dentes terríveis, vinte e seis, trinta e nove e a surpresa e o terror, uma voz nítida na cabeça

— Morri

e o líquido a crescer na seringa de que o avô não se apercebia a secar a navalha no lenço e a ir-se embora abotoando a camisa, o professor

— Eu disse abotoando a camisa

enquanto ele descia sobre os rios a embater numa pedra, a atrasar-se num charco, a continuar aos tropeços, a avó mostrando-o à família

— É o Antoninho aquele?

e mesmo que quisesse responder o que podia dizer-lhe a não ser que a governanta do senhor vigário

— Não vês que nenhum de nós existe?

e o tio a dobrar a corda no braço

— Faltou-me a coragem menino

deixando a bicicleta encostada à porta da garagem e partindo pela banda dos ulmeiros sem olhar para trás.

26 de março de 2007

Faltava uma cara e não era a dele dado que a percebia na almofada, não a de dantes pela qual o conheciam na vila, a de hoje pela qual o conheciam na enfermaria e portanto não o Antoninho que perdera, o senhor Antunes que ganhou ali, incapaz de andar de bicicleta ou passear na vinha e aliás sem ligar à bicicleta ou à vinha, no caso de lhe mencionarem
— A serra
demorava-se a conjecturar no que pretendiam com serra e esquecia como esquecia o que aconteceu ontem e o que sucede agora, a pinça que apertava o indicador assinalava os desabafos do coração no ecrã, imaginava um punho contra as costelas e afinal um discurso monótono numa caligrafia esquisita, cada porção sua uma linguagem diferente e todas incompreensíveis para ele, o facto de ser muitos espantava-o, como se junta tanto frenesim num só corpo e como conseguem habitar um espaço tão pequeno, qual a voz da doença que a não descobria, procurava conceber a sua morte e não era capaz de imaginá-la nem o que iria sentir, tentou reter a vila com as velhas e as furnas e perdeu-a, ou seja uma única velha a ramalhar sons de freixo e será isto a morte, uma batata escondida, faltava uma cara e não a achava, achava uma senhora a passar contas de terço que não rezava, fitava-a e por mais que a olhasse não atinava com o nome, experimentou Emília, Georgina, Ester e nem Emília nem Georgina nem Ester condiziam com ela, um nome no género da esposa do barbeiro, Hildebranda, havia um livro na estante que pertencera a uma assinatura antiga, Gracinda Borges Thomé, com uma fada Hildebranda, não se lembrava do texto, lembrava-se da varinha com uma estrela na ponta, todas as varinhas de

fadas estrelas na ponta e todas as estrelas raios em torno, ao adormecer a Hildebranda
— Antoninho
e acordava com medo
— Não se aproxime
a cozinheira igual, que intrigante a memória, a tirar-lhe uma caixa onde pulavam sons
— Se brinca com os fósforos faz chichi na cama
no quarto da cozinheira uma boneca com uma pupila apenas e as botas de acompanhar os enterros cheias de quilómetros de desditas, se calhar ele um único olho também porque metade do tecto impreciso, perguntou como se chamava a boneca e a cozinheira
— Aos domingos Aurélia nos outros dias Suzete
o enfermeiro mudou-lhe a posição e deu por um joelho emagrecido e uma compressa na barriga feita para um homem maior que o seu tamanho e portanto não o Antoninho que continua na vila à mercê das gralhas que lhe berravam em cima, decidiu
— Este joelho não é meu
e no entanto dobrava-o, o enfermeiro dava-lhe sumo num copo
— Eu seguro senhor Antunes
e como sempre que outra pessoa dá água o rebordo demasiado inclinado ou demasiado direito e o pescoço a molhar-se, o avô doente
— Quantos são hoje filhos?
ele que nunca falava, aliás o avô não
— Quantos são hoje filhos?
o avô
— Tenho medo
o avô
— Não consintam que eu
e a vinha ora roxa ora verde, qual o motivo da vinha continuar lá em baixo enquanto nós com medo do mundo não se alterar connosco e quantos são hoje de facto, sete, dezasseis, vinte e um não mencionando a hora ainda que a hora o não

preocupasse, o crepúsculo e a manhã idênticos ou seja uma penumbra coalhada a que faltava uma cara e não era a dele, fez um esforço
— Que cara?
e a senhora do terço a falhar contas
— Perdão?
como se o que tivesse dito decisivo, o avô
— Quantos são hoje filhos?
ele à procura na intenção de ajudá-lo sem atinar com o número, arriscou
— Onze
e o avô
— Onze
se calhar aliviado
— Graças a Deus onze
e onde está Deus que não se rala com a gente, o avô à cautela
— Tens a certeza que onze?
os castanheiros a quem os números não preocupavam num discurso sem fim, o vento que os inquietava e a densidade da terra, à noite os troncos
— Quando será manhã?
e ele no fundo da cama
— Sou pequeno não sei
convencido que o tio ou a dona Irene sabiam, ele sabia de lagartixas e capitais de distrito, não sabia da vida, a roupa apertava-o e a mãe a censurá-lo porque os botões não alcançavam as casas
— Não desistes de aumentar
se não desistir de aumentar o chapéu de palha no cocoruto, o primeiro pêlo da barba absurdo, duro, negro, não o cortou com a navalha ao espelho plano de um lado e côncavo do outro, cortou com a tesoura da costura e o pêlo sob o dedo, duas ou três borbulhas, fragmentos até então sonâmbulos nos calções que inchavam, o que se passa comigo, o tio subiu-lhe o selim da bicicleta e os pedais diminutos nas solas, reparou de um modo diferente no peito da cozinheira, inchou numa

vontade esquisita de apertá-la e sentiu-se culpado, observava as camponesas às escondidas, alarmando-se consigo
— O que se passa?
uma terça-feira deu com o pai na despensa, de costas para ele, abraçado à empregada, a avançar a recuar idêntico à bomba do poço no meio das prateleiras de pacotes e frascos, a empregada enquanto os pacotes e os frascos tremiam
— Nunca mais acaba senhor?
uma embalagem de sal inclinou-se e tombou, não esqueceria nunca o dedo do pé livre do chinelo a que faltava a unha nem os ganchos do carrapito escorregando de banda, a empregada
— Olhe o seu filho a ver-nos
o pai um impulso fundo em que se tornou vários e à medida que se recompunha palavras onde até então suspiros
— O meu filho?
a cruzar-se com ele em silêncio arrebanhando os últimos pedaços seus, a camisa que ele conhecia e escuridões impossíveis de decifrar no interior do cinto, não voltaram à nascente do Mondego, não tornou a ouvir
— Sabes?
espiava-o à mesa sentindo que o espiava por seu turno
— Aquele não é o meu pai
já não podiam ser amigos nem conseguia orgulhar-se quando ele ganhava ao ténis e a expressão das estrangeiras do hotel dos ingleses parecida com a da empregada embora as unhas dos pés perfeitas, a mãe uma empregada na noite do quarto dado que os freixos
— A tua mãe
e a sua indignação a aumentar, o pai ia buscar as bolas sozinho a enganar-se no ponto onde caíam, não desciam o Mondego juntos, cada qual vinha de pedra em pedra separado do outro, a mãe a ascender do crochet
— O que se passa entre ti e o teu pai?
uma embalagem de sal a desfazer-se de imediato no chão e ele
— Nada

como agora com todos os órgãos a escreverem no receio de não terminarem o que pretendiam dizer lembrando-lhe as árvores que em outubro perdiam as folhas até que galhos apenas, o quarto onde estava sem relação com os quartos próximos, sozinho, o avô
— Quantos são hoje filhos?
na esperança de um número e através do número uma ilusão de vida, enquanto houver números continuo, isto não em março como com ele, em agosto e as janelas cobertas de crepes de luto para que a morte os não viesse chamar, espreita, descobre uma criatura num canto e apanha-a, somos cada vez menos, meia dúzia se tanto e não compreendia o quê a pulsar, não o poço porque a bomba imóvel nem a carroça a manquejar na rua, o hotel dos ingleses vazio, os doentes do volfrâmio em banquinhos nas furnas, o retrato do avô de braço dado com a irmã vestida de cerimónia e os olhos opacos de quem faleceu há muito, tia Luísa alegrou-se ele e a memória do nome entusiasmou-o devido a que os mecanismos da cabeça intactos, o pingo no sapato há-de conseguir melhorar-me
— Vamos ver
e o
— Vamos ver
sem ânimo, faltava uma cara e a boca independente de si
— Falta uma cara
a que sempre esperou e há-de voltar não tarda
— Antoninho
nem na doença o pai
— Sabes?
e o sol a estremecer as amoreiras na parede da clínica, pensou em pegar-lhe na mão mas a despensa de regresso e ele quieto, a gola do pai torcida e um tubo na veia, pergunte
— Sabes?
que eu oiço, chame
— Garoto
que eu venho, o médico
— Ele não dá por si

e claro que dá por mim, mostrava-me sinaizinhos na terra

— Olha as patas dos lobos

em novembro uma fêmea a trote no milho, faltava uma cara e não achava a cara, o que sabia você que não me contou nunca, a fêmea uma mirada distraída, o que pretendia dizer e não chegou a dizer, a mãe

— O teu pai

e voltava ao crochet, tantos segredos e tanto assunto suspenso, não se conversa na vila, calamo-nos, o senhor vigário cantava na igreja a glória de Deus que não estava no altar, talvez na cidade onde as pessoas lhe fazem justiça em lugar de se enterrarem nas furnas com os seus xailes e as suas batatas esquecidas do céu, o latim do senhor vigário a esmorecer de dúvida e em torno do sino a debandada dos corvos, tentei

— Sabe pai?

e ele incapaz de ouvir, debruçava-me para o poço e só a lama do fundo, ao debruçar-me para o meu pai um vazio onde o eco da empregada

— Nunca mais acaba senhor?

e o pai que já tinha acabado uma dignidade severa, encontrou a raqueta de ténis e uma ou duas bolas poeirentas, não encontrou a estrangeira loira no rebordo da piscina nem a alameda de áceres que conduzia ao hotel, tudo principiava a faltar-lhe e a cara não vinha, recordou-se da avó de manhã à espera que o motor de que era feita principiasse a desenredar as bielas, a vila que a serra cobria das suas pregas imensas e a ausência de comboios a dilatar a distância, a camioneta da carreira chegava sem passageiros e partia sem eles, julgou ver a cara que faltava, não a do Antoninho nem a do senhor Antunes, a que necessitava para se curar e ir-se embora, o enfermeiro empurrou-lhe os ombros contra a cama

— Não se levante

e talvez a cara na camioneta da carreira perdida numa curva de pinhal, existirá a dona Irene, existirá a harpa ou apenas o vento e os restos do volfrâmio, pareceu-lhe dar com o avô nas nespereiras, chamou-o e o pomar quieto, nem o cheiro do hospital sequer, uma serenidade que lhe retirava peso deixando-o a flutuar na geleia da doença, a dor espiava-o por baixo dos remédios e ele um bicho num buraco e as doninhas à espera, a governanta do senhor vigário ocupada com o estendal entre um ulmeiro e o tanque, falta uma cara e não era a sua, a dona Lucrécia

— Rapaz

e ganas de subir a esconder-se na vinha virgem do alpendre, onde estão as pessoas que se interessavam por mim, talvez a carroça regressasse mesmo sem haver carroça, se disser

— Virgílio

aguento-me, o Virgílio comia no quintal sozinho a cobrir o tacho com os cotovelos de faca pronta a defender o almoço, só havia a serra, não os comboios, não a vila, não ele e começava a perguntar se os médicos verdadeiros e os enfermeiros reais, achava-se desperto ou adormecido cuidando-se desperto, se estivesse no lugar do avô não lhe importava saber

— Quantos são hoje?

dado que todos os dias um só e nenhum dia portanto, façam os dias com os dedos porque o avô não ouve e a admirar-se ao contá-los

— Trinta?

conforme se admiraria com quarenta e dois ou oitenta, o sol à esquerda ou à direita da casa e com a mudança do sol a cor dos montes alterada, o avô enviava recados desconhecia a que pessoas, argumentava com elas, acomodava-se

— Que coisa

de mãos uma sobre a outra não agarrando nada, qual a utilidade de mãos daquele tamanho, enquanto teve saúde percorriam o pescoço barbeado numa carícia lenta e a avó em segredo, não por receio que o avô escutasse, pelo hábito dos cochichos na igreja

— Achas que dá por nós?

o médico passou radiografias contra a janela onde a chuva da véspera envelhecia

— Ainda temos algumas cartas para jogar sossegue

e ele a escutá-lo numa névoa morna com mais surpresa e mais terror ainda, sentia as galinhas de asas curvas a prepararem o sono e a empregada para ele que nunca lhe tocara
— Nunca mais acaba senhor?
enquanto os frascos da despensa tremiam, faltava uma cara e não era a sua, algumas cartas para jogar que mentira, quantos são hoje e a resposta exacta duzentos, disse
— Duzentos
e o médico não compreendendo
— Duzentos?
talvez preferisse quarenta e dois ou oitenta, algumas cartas para jogar sossegue e nenhumas cartas doutor, repare como o corpo vai desistindo, o coração numa letra minúscula
— Olhe o seu filho a ver-nos
o pai um impulso fundo em que se tornou vários e a recompor-se em seguida
— O meu filho?
cruzando-se com ele a juntar os últimos pedaços no interior do cinto, não voltaram à nascente do Mondego, pedras e musgo e uma rã verdíssima nos caniços, nunca mais lhe perguntou
— Sabes?
espiava-o à mesa sentindo que o espiava por seu turno
— Aquele não é o meu pai
já não podiam ser amigos nem conseguia orgulhar-se quando ganhava ao ténis e a expressão das estrangeiras do hotel dos ingleses parecida com a da empregada
— Ainda temos algumas cartas para jogar sossegue
espantou-se que tivessem algumas cartas para jogar embora uma das máquinas desligada e as frases das outras detendo-se e recomeçando a lembrar-lhe as manhãs em que a brisa caía e os pássaros amontoadinhos no chão, porque não esmagam o ouriço entre duas pedras, a cozinheira
— Com tanta castanha vai doer-lhe a barriga menino
o farmacêutico um pó amargo
— Bebe isso
ficavam grãos no vidro e um lodozito no fundo, não ponha mais água senhor Fróis, não me obrigue a engolir, a cozinheira

— Eu avisei

a segurar-lhe os pulsos, não cheirava a hortaliça nem a fritos, cheirava à terra do corpo, a nuca terra, o peito terra, as ancas terra tornando-o terra também, nisto a Maria Lucinda a sorrir-lhe e não faltava nenhuma cara graças a Deus, ele na sua névoa a acreditar no médico

— Cartas para jogar sossegue

e não era preciso que a cozinheira o segurasse, bebia sem se queixar

— Não me agarre que eu bebo

o ouriço diminuiu e nenhuma ameaça no quarto, olha o coração, o não sei quê e o pâncreas a trabalharem de novo, riscos nítidos completando o seu nome, não Antoninho nem senhor Antunes, o nome secreto de que só a Maria Lucinda estava a par, o que os avós e os pais nem sonhavam, o que o tio da bicicleta

— Faz um oito bonito

não sonhava tão pouco, o farmacêutico para a cozinheira

— Daqui a um quarto de hora está óptimo

e estava óptimo já, descia sobre os rios a abandonar a serra e as aldeias, onde um homem, com um martelo de britar, a caminho da foz, não falta nenhuma cara desde que a Maria Lucinda chegou, o enfermeiro para uma pessoa que ele não via, provavelmente a senhora do terço

— Animou-se não foi?

dentro em pouco a harpa da dona Irene e o jornal do avô no comboio do meio-dia, o pai

— Sabes?

ele esquecido da empregada

— O que ia contar pai não desapareça de mim

a encontrar as bolas todas nos buxos, o dono do hotel dos ingleses

— Como se chama a rapariga?

e ele não tímido, com orgulho

— Maria Lucinda

morava entre o hotel e a vila junto ao cruzamento em que um tractor se decompunha, não ando doente, ando bem,

ainda temos algumas cartas para jogar doutor, uma casa pequena, uma tangerineira contra o muro e as tangerinas tão vermelhas Jesus Cristo, um gato que era e não era e ao não ser eles
— O gato?
com saudades do bicho, às quartas-feiras a mãe
— Onde vais?
e a desaparecer no crochet, vou com os rios mãe ou com o mercadorias das onze, o pingo no sapato
— Não o deixem levantar-se da cama
e como não deixá-lo levantar se galgava a ladeirazita na direcção da casa satisfeito porque o gato voltava a ser roçando-lhe nas calças, o outro médico
— A tensão baixou
e uma velha a observá-lo com olhinhos ferozes, a tia, a madrasta, uma parente qualquer, nunca se atreveu a
— Quem é?
ficava quieto a sentir o cabelo da Maria Lucinda que vivia sozinho e em torno deles a mancha dos corvos que partia e voltava, não falta nenhuma cara, estão todos, o senhor vigário, o Virgílio, os ciganos de navalha não no bolso, nos olhos e ele na sua névoa sem se prender a ninguém, se lhes apetecesse prendê-lo esgueirava-se, a velha calada porque os camponeses habitam o lado mudo da terra, de que massa são feitos além de buxos e volfrâmio, todas as caras com ele, tudo pronto, ao mencionar a Maria Lucinda a avó
— A filha do senhor vigário
porque não se ia embora na camioneta da carreira, porque ficava na vila e a Maria Lucinda
— Não posso ir
dado que ninguém partia, regressam como ele regressou ao entrar no hospital, cuidava-se em Lisboa e falso, achava-me junto a ti perto do que sobrava do hotel dos ingleses, um dia apanhou-a a receber um embrulho da governanta do senhor vigário, consentia-lhe que ficasse sob a tangerineira e que é do ouriço que perdera e da dor que o não maçava, na cabeça dele
— Curei-me

descia sobre os rios a caminho do mar, o pai afinal
— Sabes?
e não era preciso contar-lhe, sabia, bastava a certeza de chegar à foz, a avó
— O rápido o correio o mercadorias
e os jornais na estação, o avô de palma em concha na orelha
— Dás pelos comboios menino?
e dava pelos comboios senhor na balsa após a vinha e a Maria Lucinda com ele, dizer
— Você não morreu pai
a jogar ténis no hotel dos ingleses e ele orgulhoso do pai, apanho as bolas, entrego-lhas, a Maria Lucinda
— António
não
— Antoninho
não
— Senhor Antunes
e ainda temos algumas cartas para jogar sossegue, a impressão que o médico
— Adormeceu
e não dormia atento à velha sumida no xaile, a tia, a madrasta, a parente qualquer com a sua batata, não adormeceu, não adormeceria, não desejava dormir, notava o
— Sabes?
do pai e uma bicicleta a fazer oitos entre o castanheiro e o portão, o tio
— Mais depressa
e a Maria Lucinda
— António
o senhor vigário abandonava a igreja a remar com a bengala e a mão da Maria Lucinda a poisar-lhe na cara, não a cara da enfermaria, a cara de dantes, a voz da mãe
— Sentes-te melhor?
o cabelo da Maria Lucinda a confundir-se com o seu e ele deslizando sobre os rios a fazer parte das ondas.

27 de março de 2007

O quarto não mudou, as luzes permaneciam iguais, os enfermeiros ocupavam-se dele no ritmo do costume com as palavras do costume e no entanto a impressão de se achar no centro do que não sabia o que era e de que a sua vida dependia, sem nada que ver com a doença e tão apagado pelos anos que não lograva encontrá-lo, a chave capaz de girar na porta que conduzia a ele mesmo e à quietude da paz, a que o avô sentiu quando ao estenderem-lhe a colher respondeu
— Não
habitando um sítio onde o cortejo de botas o não podia seguir, dúzias de vinhas por podar e de jornais na varanda e o avô indiferente, ele tão perto do que não sabia o que era e feliz de estar perto, a porta que conduzia a si mesmo ao alcance da mão, empurrou-a e encontrou-se criança a brincar com os botões e os carrinhos de linhas, cada botão uma criatura viva, cada carrinho de linhas uma alma, uma segunda porta e o rafeiro que um camponês envenenou a ladrar, o pai de braço levantado para bater no homem e baixando-o sem tocar-lhe
— Vai-te embora
lembrava-se do camponês e da mulher a partirem da vila com uma cabra e uma menina presas por uma guita atrás, qual a filha e qual o bicho, a cabra e a garota passinhos idênticos ao indicador e ao médio do tio avançando na toalha do almoço
— Vou apanhar-te
e ele a recuar na cadeira porque os dedos do tio um insecto disforme que ia fazer-lhe cócegas, quis espetar o garfo no insecto e o insecto tornou-se mão furiosa a ganhar os dedos que faltavam, um deles interminável de ameaças

— Querias magoar-me tu?

e não queria, só tinha medo que o insecto lhe chegasse ao joelho ou à barriga num risinho cruel em que até os olhos se tornavam dentes e nos dentes dos olhos pupilas ferozes, a menina, a cabra ou ele principiaram a lamuriar e o indicador e o médio dissolvidos nos talheres

— Que maricas

um par de sujeitos derrubavam o castanheiro e se a árvore falecesse falecia também mas o que era falecer, os gafanhotos faleciam, as galinhas faleciam mas as pessoas não, trancavam-nas numa caixa e exprimiam-se lá dentro

— Viste a minha tesoura?

da mesma maneira que a arca

— Estou cheiinha de roupa

e os pingos da chuva do último inverno numa fresta do tecto

— Molho-vos a todos bem feita

colocam-se caçarolas por baixo e sonzinhos agudos

— Já caímos reparem

oferecia o polegar para que um pingo nele e o pingo desviou-se a troçá-lo

— Não acertas rapaz

a avó indignada

— Deixa o inverno em sossego

os toros na lareira cuspiam saliva à medida que ardiam, o mundo cinzento e uma melancolia de luto nas cómodas, dúzias de lenços a saírem engomados da algibeira e a regressarem em bola, uma palma no seu pescoço

— Tens febre?

e o peito uma frigideira aos solavancos, cobertores que cheiravam a baú e o ar repleto de ângulos agudos, não faltava nem sobejava fosse o que fosse mas não era o seu quarto, deram-lhe um idêntico para o enganarem, escutou-se num sono esquisito

— Devolvam-me o meu quarto

no lugar do castanheiro caído um vazio e onde faço oitos expliquem-me, o poço não dá com tantos afogados no fundo, ao trazerem-nos para cima uma gota gigantesca de cabelos e mangas e sob a gota pés que o assustavam e a ausência de cara, em contrapartida o nariz da mãe a bicá-lo armado de um copo terrível

— Engole o comprimido não mastigues

o comprimido a resistir preso com ventosas à garganta e os isósceles da água doíam-lhe

— Já desceu ao menos?

julgava que no interior de si carne e afinal tubos estreitos em chamas, a impressão de sonhar e correr ao mesmo tempo, calor à superfície e ondas de frio sob o calor, o nariz da mãe, desapiedado

— Tens de comer tem paciência

e os tubos, não ele, a recusarem a sopa, o indicador e o médio do tio colcha fora ao seu encontro

— Vou apanhar-te

não lhe era possível defender-se com os braços visto que não tinha braços, tornara-se uma gota numa ponta de corda e pés só capazes de caminharem em abismos de lodo, a mãe retirou o lenço do avental

— Acho que me pregaste isso malandro

voltou-se na direcção da parede onde um mosquito achatado que nunca notou, não do tamanho dos mosquitos, as patas imensas e as maçanetas dos olhos, alterações da caliça nas quais não reparara e que a gripe o fazia ver numa nitidez de microscopista, falhas de tinta, nódoas, a marca da palma da empregada ao mudar os lençóis, aplicou a sua palma em cima e menor, duvidava que deixasse de ser criança e usasse óculos, tosse e o escutassem com respeito

— Exactamente

vencidos pela autoridade da sua bronquite, um jornal só para ele comentado numa sisudez indignada

— E esta?

a propósito de despedimentos e juros, a quantidade de episódios que foi perdendo pelo caminho espantou-o, mesmo no hospital os dedos do tio continuavam a avançar implacáveis, tremendos

— Vou apanhar-te

e ele quieto aceitando, a suspeita que o tio não em Espanha

— O lodo chamou-me

e na extremidade da corda uma gota de roupa e cabelos, os camponeses a darem à manivela e o tio chegando aos sacões, um dos sapatos sem sola com uma meia de pintas que não lhe conhecia, se calhar os afogados trocam peças entre si, experimenta esta gravata enquanto eu experimento essas peúgas

— De quem eram as meias tio?

e uma resposta complicada em que borbulhavam detritos, costumava sentar-se na varanda aborrecido consigo mesmo

— Desaparece catraio

apanhe-me com os dedos tio que eu aceito desde que se anime, arranjo-lhe um besouro num frasco, fazemos uma corrida às arrecuas e perco, interesse-se

— Um besouro?

um besouro, uma osga, a prenda do bolo-rei que me saiu no Natal e era um anão da Branca de Neve de argola no carapuço para pendurar na lapela, quando for à cidade com o anão vão invejá-lo acredite, eu invejo-o, a mãe a observar o anão

— De onde veio este susto?

o tio a vacilar observando o anão por seu turno

— Achas um susto mana?

a pulverizar-me num soslaio sangrento, o lodo do poço convocou-o

— Depressa

e o tio no rebordo

— A culpa é tua Antoninho

uma despedida que nunca esqueceria ou seja o indicador e o médio a avançarem não para ele, para si mesmo, depois do corpo desaparecer os dedos permaneceram caminhando, no caso de se aproximar teimavam sem corpo na direcção de ninguém, pode ser que um dia atingissem a serra

— Vou apanhar-te

e desaparecessem nos penedos, a quantidade de memórias que foi perdendo com o tempo e encontrava espantado, a impressão de se achar no centro do que não sabia o que era e de que a sua vida dependia, tornado tão gasto pelos anos que não lograva encontrá-lo, o pai sem agitar as prateleiras da despensa para se arrumar no cinto, a introduzir-se no bolso que acabava nos tornozelos e a entregar dinheiro à empregada

— Não contes à minha mulher por favor

nunca topara um braço capaz de mergulhar além do chão até à adega da cave em que o incisivo de um rato o tentava morder arregaçando o focinho, caixotes e um postigo no topo onde um quadrado de céu a que chamam Paraíso no qual as almas exultam, fora da adega o quadrado um remendo que costuraram nas nuvens visto perceber-se a grossura da linha e rolas a palparem o vento até descobrirem o corredor de um sopro que as ajudasse a fugir, a censura do tio

— A culpa é tua Antoninho

e ele aflito de remorsos

— Perdoe

sem dar com um besouro num frasco ou um sapo ressequido que conseguisse exaltá-lo, o braço do pai pendia conforme o nariz e os olhos pendiam da cara

— Não contes à minha mulher por favor

a rondar o poço por seu turno e a jogar-lhe uma pedra que demorava a sumir-se, a madrasta ao desencantá-lo com uma vizinha em casa

— Bernardino

e o Bernardino inscrito no ecrã do coração, o pingo no sapato para o enfermeiro

— Vês ali Bernardino?

procurando diagnosticar aquela assinatura que se repetia sem fim enquanto o pai diminuindo na cama buscava joelhos e cotovelos que lograssem escondê-lo, os bichos de conta enrolavam-se, as formigas sumiam-se nos tijolos e em contrapartida o lençol nem um ombro tapava, olha o sinal de nascença e a cicatriz de quando se espetou num caniço, para além do coração o fígado e os pulmões

— Bernardino

e talvez fosse à madrasta que o pai se referia à beira do Mondego

— Sabes?

a fitar libelinhas sem o fitar a ele, que complicada a vida, a vizinha demorou um tempão a vestir-se, a blusa ao contrário, uma sandália vasculhada de gatas e que só o cabo da esfregona conseguiu reaver, a madrinha

— Mas que lindo serviço

enquanto a sandália chinelava para o beco a fungar sob a reprovação dos pinheiros, se calhar os lobos da escola comeram-na avançando o indicador e o médio, o mundo eriçado de indicadores e médios que não esqueciam ninguém, deslocavam-se devagarinho, um agora, outro depois e por mais que as pessoas corressem apanhavam-nas logo, restava-lhes tornarem-se gotas de cabelo e roupa na salvação do poço e as solas prontas a uma marcha pausada que ultrapassava o cemitério e desaparecia na serra entre árvores sem nome, aconteceu ao pai o que lhe sucederia a ele, tornar-se um hálito de nortada e não sobrar quem cuide das galinhas e da chuva na sala, se lhe tocasse no ombro a governanta do senhor vigário um sobressalto radiante

— Voltaste tão depressa Antoninho

a escolher um cacho pelo oiro das uvas

— Prova este filho

preocupada com ele

— Emagreceste no hospital

a achar-lhe o fato largo e a camisa imensa

— Não te trataram bem?

chupam-nos com as análises, não nos deixam medrar, o automóvel do senhor bispo atravessava o largo com as gralhas a tossirem derivado ao pó, ao visitá-la a mãe em lugar de perguntar

— Quem és tu?

a lamentá-lo no interior da cegueira

— Nunca viste o senhor bispo

e nunca viu o senhor bispo, designavam-lhe arcos

— Ainda aí está o Paço
e uma velha de luto
— A última engomadeira dele
a arrumar uma batata no xaile, se os médicos o curassem e voltasse a casa dava com um braço à cata de moedas de algibeira em algibeira
— Não contes à minha mulher por favor
e a empregada a despregá-lo, você um pobre, pai, com o seu arrependimento e o seu medo
— Sabes?
e não sei nada, nenhum de nós sabe nada, a madrasta
— Bernardino
e o pingo no sapato a segui-lo no ecrã
— O coração desacertou-se
quem insiste em habitar a gente no centro do que não sabemos o que é e de que a nossa vida depende, que falta de resposta às perguntas que sem dizer fazemos, nenhuma diferença entre nós e eu por meu turno
— Sabe?
enquanto o pai aguardava, não espere respostas senhor que desistimos ambos, ficam cabides no armário, uma espécie de remorso e uma espécie de esperança mas esperança de quê
— Bernardino?
ficam cartas numa lata, a tia Alina morreu, o primo Jorge casou-se, uma criatura a beber chá de pires sob o queixo, outra a regular cordas de harpa iniciando uma melodia e a interrompê-la logo
— Perdi o condão da música
pecados sem importância, alegrias desbotadas, flores nos vasos dos degraus, a empregada para a mãe
— O seu marido
e a mãe continuando a mexer as claras de ovo do bolo, a única ocasião em que a camioneta da carreira levou um passageiro foi a empregada essa semana, a mãe mudou para o quarto dele aferrolhada em silêncios e ele mudou para a copa entre a cevada e o grão com o nome nos rótulos numa letra castanha ainda azul nos enfeites, o pai sozinho na cama a tro-

peçar insónias e os olhos da manhã desencontrados das pálpebras, um a meio da bochecha e o outro na têmpora demorando a acertar, lá se encontravam por fim à entrada do quarto
— Não fiz nada juro
e a camisa de dormir saía dos lençóis a brandir um rosário
— Longe de mim Satanás
disputas na sacristia, confissões, penitências, promessas que o senhor vigário arbitrava preocupado com um inchaço na orelha à medida que o sacristão ia envernizando imagens, o senhor vigário a manejar o lóbulo com um algodão cauteloso
— Esses problemas consertam-se
achando precedentes no Evangelho que amoleciam a mãe, no que lhe dizia respeito começava a ganhar amor à copa e à fervura das latas onde o grão crescia como ao início da manhã se sente o cabelo aumentar, tudo aumenta na gente, não só as unhas e os anos, devia mudar-se de nome à medida que nos ampliamos, não de Antoninho para senhor Antunes, de Filipe para Sérgio ou de Fernando para Jaime, sermos estranhos a nós e habitar noutro lado, o enfermeiro
— Já não me fala amigo?
e ele sem uma palavra a dizer, que lhe importavam as dores, o mal-estar, os enjoos, as visitas
— Cá estamos
e na realidade não estavam, habituavam-se ao pequeno vazio que deixaria nelas tão fácil de ocupar como uma maçada no emprego ou esta moinha nas costas porque um esticão ao mexer-me e apesar de tudo aguento, a mãe no quarto de novo e ele com saudades da copa, resolveu colocar na prateleira a lata do grão e a mãe esquecida do senhor vigário
— Deves ter saído ao teu pai
olhou o rosário ao mencionar o pai mas deixou-o no prego, limitou-se a afastar as almofadas na cama
— Nem sonhes em tocar-me
e os olhos do pai desacertados de novo, o senhor vigário tornou a arbitrar juntando cuspo com a língua para uma nódoa da batina

— Quem muda de opinião desgosta Deus minha santa

de maneira que as almofadas um centímetro mais próximas e os olhos do pai a recuperarem a paz, tentava desarrumar os seus e permaneciam simétricos, talvez hoje na enfermaria um deles contra a janela e o segundo no tecto, percebia os elevadores e alguém a rir ao longe, achava-se no centro do que não sabia o que era e de que a sua vida dependia e não lograva encontrá-lo, se o tentasse mencionar uma das visitas

— Não te canses

e veio-lhe à ideia a mula abandonada na base da serra perseguida por animais que não via, além dos incisivos mais nenhum dente na boca, os do senhor vigário desenganchavam-se das gengivas complicando o latim, o indicador e o médio do tio altar adiante na intenção de ajudar e o senhor vigário a proteger-se com a opa, quem não tem medo de dedos que se aproximam inexoráveis, solenes

— Vou apanhar-te

e nos terminam na barriga num frenesim de cócegas, os dentes do senhor vigário uns sobre os outros

— Deixa-nos

a governanta descobriu-o à tarde na cadeira da latada a somar os pinheiros numa atenção feroz, ao chegar-se a ferocidade aumentou com o chapéu a deslizar e uma das pernas torcida, freixos ao sol e o pingo no sapato a decifrar no ecrã

— O prior da vila dele faleceu

porque toda a sua história, não apenas o

— Bernardino

nem o

— Não contes à minha mulher por favor

a escrever-se no quarto, lá estava a bochecha de menino me deu vida e o

— Não ouves o rabo do gato mexer-se?

na concha da casa, o que pensava, o que desejava, o que escondia dos outros, o cabelo da Maria Lucinda que vivia sozinho, uma outra mulher, que não mencionava nunca,

amortalhada em si como uma luz secreta e o pingo no sapato a demorar-se no ecrã
— É um nome feminino não é?
os segredos de que era feito exibidos às visitas e as visitas pasmadas
— O que ele nos mentiu
e não mentia, calava-se, um dos joelhos dobrou-se
— Antoninho
e não havia Antoninho, havia o senhor Antunes às voltas com o ouriço e os medicamentos incapazes de alterarem o sentido da dor, puxou a arreata da mula e um pinguito de urina, um pinguito de baba, a luz secreta a vacilar, ele
— Não te vás embora
e a luz continuando por piedade, a governanta do senhor vigário sem coragem de sacudir-lhe o ombro
— Não vai ao terço das sete?
para que o senhor vigário se compusesse no cabeção a indagar
— Será que faleci?
verificando-se de leve para não ofender a morte, pernas, braços, colchetes de batina e o que provam os colchetes, apontem-me um defunto que não cuide de si cheio de nove horas e de gestos macios, descobrem-nos uma linha na lapela e puxam-na, querem-nos limpos, decentes, apresentarem-nos com orgulho aos colegas
— O meu sobrinho Antoninho
os olhos da mãe cegos observando o que não se vê, um pássaro oculto, fantasmas que negamos e todavia nos cercam, o que se passa na vila, o que se passa comigo, os castanheiros botõezinhos nos galhos que ameaçam crescer, a governanta do senhor vigário
— Já não se rala com o terço?
e o senhor vigário não se ralava com o terço, vinte e sete de março e tu a aqueceres um púcaro no fogão em movimentos de sono, um roupão velho que não usavas comigo, a prega na testa de quem luta com os restos da noite e as bochechas a surgirem aos poucos, a casa das manhãs não casa ainda

porque encalhamos nos objectos que buscam os seus lugares na sala, a mesa a tornar-se mesa, as dálias das jarras flores, a carroça do Virgílio a transportar o senhor vigário para a igreja, sobre as batatas como ele, e a cadeira da latada vazia, que solidão no mundo quando as cadeiras vazias e as sombras a hesitarem
— Fico no espaldar ou no chão?

provam o espaldar, provam o soalho e desistem, a governanta do senhor vigário oferecia as palmas na esperança que as sombras cantassem como as rolas e não cantam, demoram-se a meditar
— E nós o que fazemos?

quando a mãe acabou o pombal
— Os bichos sujam tudo

os pombos desbussolados em torno de uma ausência de tábuas, chegamos à varanda e pombo algum, penas, fezes, um ovozito na erva, um sapo engoliu o ovo e tornou-se esférico alargando cotovelos de lojista ao balcão, tu na bancada a esqueceres-te do café à medida que as feições se aprontavam devagar e a mão coçava a nuca despovoada de ideias, o Virgílio saltou uma pedra e o senhor vigário encorajou-se
— Não faleci que engraçado

ultrapassou a pedra e o senhor vigário inerte, nos caixilhos da capela mortuária um ramo de acácia mais imponente que o altar, os pombos não voltaram e a mãe com saudades, o Virgílio rodou a manivela do travão e as orelhas do burro acompanharam-no, o quarto não mudou, as luzes permaneciam iguais, os enfermeiros ocupavam-se dele no ritmo do costume com as palavras do costume e no entanto a impressão de se achar no centro do que não sabia o que era, brincava com os botões e os carrinhos de linhas da mãe, cada botão uma criatura viva e cada carrinho de linhas uma alma, quando a avó punha o dedal e trazia uma blusa para a lâmpada um sentimento de eternidade e uma doçura feliz, a governanta do senhor vigário
— Antoninho

dado que nada acontecera, o senhor vigário na cadeira da latada, a carroça do Virgílio longe, o pingo no sapato

— Não aconteceu nada amigo

cada órgão a escrever o próprio nome no ecrã sem sobressaltos nem pressas, o enfermeiro

— Ainda cá estamos amigo

e ainda cá estamos de facto mas porquê o roupão velho se te faço companhia, tu a hesitares com a prega na testa de quem luta com os restos da noite, os pés descalços comoviam-me, o dedo pequenino vermelho e os restantes brancos, um pedaço de rótulo preso ao calcanhar e não notavas o rótulo, a mão coçava a nuca de cotovelo erguido, lençóis na corda da marquise e um alguidar de plástico onde uma blusa de molho e sinto-me, sentia-me, digo sentia-me porque as fraldas do hospital sujas, hão-de puxar-me as pernas para cima, limpar-me e apesar disso tu comigo, nós no sofá depois do almoço, tu com duas almofadas derivado à hérnia e eu sem almofada alguma e talvez uma hérnia também ou seja uma espécie de moinha, gosto que chova na janela do hospital, gosto que chova na marquise enquanto nós de televisão ligada sem necessitarmos de palavras, a tua mão, em lugar da nuca, no meu joelho e que diferença entre a mão na nuca e a mão no joelho, a calça a tornar-se pele e é a minha pele, não o tecido, que afagas, de longe em longe a cabeça no meu ombro, mais de longe em longe um beijo, inclino a cabeça para um segundo beijo e a boca distante

— Estás a gostar do filme?

eu que não reparo no filme

— Imenso

e não posso reparar no filme dado que me esfregam as nádegas, não um homem, uma enfermeira a humilhar-me

— Falta pouco

enxugando-me as intimidades numa eficiência rápida, não intimidades aliás, trapos que tombam numa moleza atroz, estou a gostar imenso do filme garanto, apenas me entristece um bocadinho, não te inquietes que não me entristece muito, apenas me entristece um bocadinho sem importância, e não quero aborrecer-te com isto, um bocadinho sem importância, a sério, não tornar a ver-te.

28 de março de 2007

Deixou de ser pessoa sem dar conta, era um peixe numa água mais espessa que a água, a que os outros chamavam ar e ele chamava ar igualmente antes da dor que não chegava a dor
— Garanto-lhe que não vai ter dores
e por não chegar a dor o incomodava mais, queria a sua dor ali, achar-se vivo através do sofrimento e afinal ele um peixe movendo de quando em quando não um braço ou uma perna, uma barbatana vaga e a abrir a boca sem uma palavra, os outros
— Que disse ele?
e não dizia fosse o que fosse salvo bolhas mudas, nas bolhas
— Dêem-me a minha dor
e recusavam-lhe a dignidade da dor, acima da água o reflexo das luzes a decompor-se e a reconstruir-se para se decompor de novo, por um momento julgou ter-se afogado no poço e que a corda do balde o iria buscar mas faltavam o cheiro dos pinheiros e o bafo da serra, a dor aproximou-se a observá-lo e desapareceu sem lhe mexer, outras formas na água além dele e da dor, a estrangeira loira da piscina a afastar-se e por que nome chamá-la, se conhecesse o nome ela quando muito um aceno continuando a andar, tentou alcançar a superfície onde se encontravam as visitas e lembrou-se de um amigo do avô, o senhor Hélio, a lutar com os degraus ao domingo, erguia um dos pés agarrado à parede e conquistava o primeiro numa dificuldade trémula, não permitia que o ajudassem
— Faço isto sozinho
de pescoço a transbordar da gravata e as narinas enormes, na Páscoa tombou sobre o prato, a meio do almoço,

como uma peça de xadrez e o avô na varanda na sua redoma de silêncio, quando a mãe escreveu a notícia devolveu-lhe o papel que não leu, atravessou apenas, como fazia ao jornal, sem uma alteração, calado, tal como ele sem uma alteração, calado, quase à tona da água onde as luzes davam lugar a pessoas, ao erguerem o senhor Hélio da toalha a certeza que o fitava como fitava os degraus avaliando-os zangado e a mãe sem coragem de rasgar o papel por consideração pela morte, muitos anos depois descobriu-o numa gaveta, a lápis, em maiúsculas tortas, entre frasquinhos de verniz, luvas e um puxador antigo que não abria salas, abria mais vazio no vazio, como escrever a morte a não ser em maiúsculas tortas e a mãe cheia de morcegos na alma, quem insiste que os defuntos não vivem não conhece o mundo, o papel deve continuar entre as ruínas da casa e o senhor Hélio em frente a avaliar o esforço, os ciganos ocuparão o pátio e as velhas tomarão conta da cozinha, uma parente apertava-lhe os dedos

— Acham que ele compreende?

e compreender o quê, a dor, a estrangeira loira da piscina, as manchas que não existiam já, existiam segredinhos atrás das palmas que não conseguia ouvir, o senhor vigário trazia a caçadeira dos coelhos e andava na serra com ela, as criaturas da vila não passavam dos freixos receosas das aldeias desertas e dos utensílios à entrada das barracas, sachos, baldes, esteiras, desconfiadas do senhor vigário porque regressava intacto com pedaços de bichos pendurados do cinto, pendure-me do cinto senhor vigário e tire-me do hospital, atravesse os corredores comigo a bater-lhe nas coxas e entregue-me à governanta para que me depene, ao confessar-se o senhor vigário um esboço de cruz e ele a percorrer a lista dos pecados, gula, inveja e preguiça era capaz de conceber mas o que significa luxúria

— O que significa luxúria?

a avó que descascava damascos perplexa igualmente, bateu ao ferrolho do tio a pingar dos ombros antes de Espanha ou do poço, indiferente a besouros e sapos, olha os rebuçados do senhor Casimiro que demoravam séculos nos dentes e a unha não lograva arrancar

— Empresta aí o dicionário

poisou-o à esquerda dos damascos, luxúria, palavras enigmáticas páginas fora, eritrocitose, gramínea, lebroto, luxúria e a avó a percorrer a luxúria recitando em voz alta viço, magnificência, comportamento desregrado em relação aos prazeres do sexo, lascívia, concupiscência, superabundância, luxo, excesso de ardor, demasiada fogosidade, ver sinonímia de indecência e lubricidade, ver antonímia de inocência e repetiu tudo isto na igreja acrescentando-lhe, na dúvida, a gramínea e o lebroto, o senhor vigário submerso numa cascata que lhe obstruía o raciocínio

— Reza uma Ave Maria e desanda

ao desandar ouviu-o

— Lebroto

com os coelhos na ideia, focinhos sem descanso e molas acolchoadas de patas, o Mondego descia num fiozito a contornar torrões, esperava-os à saída das luras e o tiro ampliava-se de vale em vale tornando as moitas côncavas a soletrarem

— Lascívia

— Concupiscência

— Fogosidade

desorientando as gralhas e os corvos que disparavam do milho

— Excesso de ardor

a baixarem de golpe admirados

— Excesso de ardor como?

quem lhe regulava o soro para um colega que ele não via

— Topas o que o parvo diz?

como se alguém topasse alguém nesta vida, sempre que voltava à confissão o senhor vigário afastava-o numa cruz apressada

— Estás prontinho para o céu some-te

a avó gritou pelo tio sem coragem de pegar no dicionário conforme não tinha coragem de pegar num lacrau

— Leva este monstro da cozinha

desorientada com milhares de palavras de que ignorava o uso, artefacto, diegese, iconoclasta, neonatologia, o universo muito mais amplo do que supunha e o que não conhecia dele, parafernália por exemplo, emboscado em qualquer ponto da casa de mandíbulas abertas, existiriam iconoclastas e artefactos na vila, o que fazer se uma diegese

— Anda cá

a sala eriçada de termos que lhe queriam mal e ele à superfície da água mais espessa que a água a que os outros chamavam ar e ele chamava ar igualmente pensando na dor que lhe haviam roubado, não sabia o quê no corpo do corpo a latejar na praia de manhã de que era feito dado que nenhuma marca de gente, os primeiros pássaros, os primeiros detritos, um sorriso

— Antoninho

mas que pessoa e onde, a mulher que trazia o leite, a esposa do senhor Casimiro, a contorcionista do Circo Ambulante Internacional descoberta e perdida aos dezasseis anos, tudo o que tinha sido perto dele agora, a avó pediu à empregada que queimasse o dicionário no fogão, julgou habitar uma manhã idêntica à da praia, o mar pálido ao longe, a espuma roxa, pardais, não há pardais no mar, albatrozes, não no plural, um só albatroz estendido na brisa ou um milhafre que desencantou nas giestas uma cria de perdiz, o médico

— Melhoram e pioram e assim definham aos poucos

se ao menos o milhafre o transportasse na asa colado às penas como um pedacinho de terra, a empregada a mostrar o dicionário

— Não cabe no fogão

e por conseguinte a luxúria um pecado gigante, faz-se uma fogueira e despeja-se nela a diegese e o iconoclasta, que transtorno é este nos eucaliptos tão pesado e tão leve, são os anjos enviados por Deus para nos conferirem os erros, tocam trombeta nas pagelas, colocam uma auréola em Santa Maria Egipcíaca e combatem dragões, as páginas do dicionário enrolavam-se cinzentas e a cola da lombada estalava, pareceu-lhe que o tio a espreitar da janela mas a cortina direita, confesso o pecado da luxúria senhor vigário e o senhor vigário sem me ouvir despachando uma bênção

— Mandei-te desandar não mandei?

com a serra cheia de coelhos à espera e de quando em quando um javali a trote nas perninhas minúsculas, lobos de que apenas se descobria um texugo esventrado consoante ele esventrado na cama, quem me matou ao chegar aqui e continua matando, regressam a pretexto de um caldo

— Só três colheres senhor Antunes

sem escancararem a boca antes da sua como o avô fazia nem lhe entregarem ratos de chocolate pelo cordelzinho da cauda, durante quantos dias a dor à espera de ser dor enganando-me acerca dos ouriços, não os noto e existem, sou uma árvore reparem, mandam dois camponeses decepar-me como o castanheiro e um vazio de ravina entre o pilar de granito e a casa, tentamos um passo e caímos só não estou certo até onde, há-de haver o outro lado e no outro lado o mar de manhã, gralhas, freixos, não há gralhas nem freixos no mar, no outro lado ondas e um berço na areia, o tio colocava a mala na colcha tirando a roupa do armário a fim de seguir para Espanha, estes doentes melhoram e pioram e assim definham aos poucos, noites a observar a janela atento aos ruídos do hospital, uma campainha misturada com um som de torneira e o sorriso dos seus dezasseis anos a encorajá-lo

— Então?

ele a abotoar o casaco com medo

— Não sou capaz não sei

e na varanda um prédio com a bandeira sem força ao comprido do mastro, o pingo no sapato mostrou o ecrã com o mindinho

—O coração alterou-se

numa caligrafia sem nexo para o médico e com nexo para ele

— O que é que faço agora?

a cozinheira enterrou as cinzas do dicionário na balsa a seguir à vinha para não estragar a colheita, o senhor Hélio há séculos no terceiro degrau a abanar a cabeça, quando ele morrer estenderiam um papel à mãe e a mãe incapaz de decifrá-lo

— Que é isto?

não é nada senhora, não aconteceu nada, o pai de fato de ténis

— Não contes à minha mulher por favor

quis dizer

— Pai

pediu

— Pai

e perdeu-o, onde está você que não se senta ao meu lado

— Sabes?

o que pretendia contar-me, olha um harpejo da dona Irene, olha o pingo no sapato

— Está melhor

e como estou melhor aproveite, mesmo que me afunde na água mais espessa que a água consigo ouvi-lo, o doutor mais para si que para os outros

— Estas coisas às vezes

a diminuir o oxigénio porque um ponteiro vermelho do trinta para o vinte, a dor fez menção de pegar-lhe e deteve-se deliberando faço-lhe mal, não lhe faço, recuou e agora sim, achava-se capaz de falar, não necessitava que lhe mudassem as fraldas, ele mudava, não queria que lhe afastassem os lençóis e o expusessem às luzes, o senhor Hélio no quinto degrau

— Consegui

o que me persegue da janela e não são pessoas nem árvores, era ele mesmo a espiar como espiava o tio à secretária de bochechas nas palmas

— Não sou homem

e nenhum sapo o contentava, um sábado o tio

— Não suporto a vila

e ele pasmado visto que gostava dos comboios e da serenidade de maio em que os relógios imóveis

— Que horas são?

passada uma eternidade ele de novo

— Que horas são?
a avó como da primeira vez
— Quatro
e portanto não eram os relógios sem corda, era o tempo esquecido, até o tempo se esquece como o avô se esquecia de comer de garfo colado à boca, a avó
— Então?
e quem lhe jurava que após o
— Sabes?
o pai não se esquecia também, não se atreveu a perguntar
— Sabes o quê paizinho?
nunca o tratou por
— Paizinho
e todavia existiram ocasiões em que no interior de si
— Paizinho
e ele aborrecido com o
— Paizinho
a lembrar-se da história da empregada
— Não contes à minha mulher por favor
e a detestá-lo com fúria, porque diabo vibram as prateleiras e os boiões, o sorriso
— Eu ajudo-te
e logo boiões nenhuns e prateleiras nenhumas, não pequei senhor vigário, não o inquieto mais com a luxúria que a avó percorria de nariz na página, viço, magnificência, século XIV loxuria, século XIV luxurya, século XV lixuria, século XV lluxuria, verbo luxuriar, ser, dar, produzir com abundância, deitar folhagem luxuriante, o senhor vigário a expulsá-lo
— Nem rezes nenhuma Ave Maria cala-te só miúdo
e na cabeça dele não luxúria
— Lebroto
e pedaços de bichos a baloiçarem no cinto a caminho da igreja, o senhor Hélio
— Hei-de conseguir
e o joelho a elevar-se aos sacões, uma ocasião de volta do Mondego uma criança quase nua
— Pão pão

a avó
   admirou-se com o medo do pai a tropeçar nas raízes,

  — Não moram lá pessoas compreendes?
subia das moitas numa facilidade sem peso

  — Pão

e o meu pai e eu cada vez mais nervosos a caminho da vila sem descobrirmos um trilho, a avó

  — Não moram lá pessoas compreendes?

ou seja mora demasiada gente para que te possa contar, a camioneta da carreira vazia e os comboios vazios porque os passageiros, e não se trata de passageiros, hás-de aprender mais tarde, se apeiam na estrada que conduz aos penhascos, o pingo no sapato a tomar-lhe o pulso

  — O ritmo dele aumentou

e trepam com os seus fardos para as luzes que descobrimos na varanda à noite, porque pensas que te mantêm na enfermaria senão para te proteger da serra, não é a tua doença que importa, são as nuvens que chegam e o poço onde o lodo comunica connosco, castanheiros de má morte que por minha vontade os cortávamos e o teu avô a fingir-se surdo porque faz parte dessa gente, apareceu-me da montanha cheio de cerimónias e vénias e não tive coragem de dizer-lhe que não como os meus pais não tiveram coragem de dizer-lhe que não de modo que se instalou na minha vida para me transformar num deles, tento fugir sem dar ideia de fugir, afastar-me sem parecer que me afasto, servi-lo para que se distraia de mim, quem imaginas que pediu

  — Pão pão

senão os filhos que teve antes de ter filhos meus ou os netos que nasceram antes de teres nascido, o que supões que pretende o teu pai ao perguntar-te

  — Sabes?

não és do meu sangue tu, és do sangue da gente da camioneta da carreira, repara nas velhas de xaile

  — Hás-de vir connosco um dia

e hei-de ir com elas um dia mais a dona Irene, o senhor vigário, todos, o teu tio a fazer a mala no quarto cuidan-

do ser possível viajar até Espanha o pateta, ninguém escapa da vila, não temos sangue, não temos carne, secámos, atenta na minha pele, nas mãos, no vestido demasiado largo que os ossos minguavam, o enfermeiro a agarrar-lhe as pernas
— Sujou-se outra vez?
não acredites, não te iludas, não esperes, o pai e ele cada vez mais nervosos e a igreja e os ciprestes baloiçando sem fim, em que altura terão começado a baloiçar os ciprestes, o senhor Hélio no capacho
— Cá estou eu
e o saco de calhaus que arrastava no casaco a tornar--se-lhe corpo, o que escrevia o coração no ecrã ao enxergar-me
— És o Antoninho não és?
desarrumando as palavras enquanto eu tentava encontrar-me com a dor, já que perdera o que tinha ao menos que não perdesse a dor, o pai
— Sabes?
não, o pai
— Mais depressa
e ele sem descer com os rios, as folhinhas desciam, os ovos de gafanhoto desciam, um ramo de salgueiro descia girando, nós não descemos pai, o senhor Hélio e o avô na varanda e não acreditava que a avó aceitara o avô por receio
— Continue a preparar os damascos não minta
acreditava que ia viver e os médicos, satisfeitos
— Parabéns parabéns
ele não de pijama, com a roupa da saúde, um pouco pálido é certo, um pouco cansado é verdade mas saudável, imaginei isto tudo, inventei isto tudo, curei-me, moro numa casa em Lisboa, vou em setembro à vila que mudou tanto meu Deus, fábricas, rotundas, uma igreja maior, pessoas a perguntarem aos vizinhos
— Recordas-te desse?
outro padre no lugar do senhor vigário, uma esplanada, um lago, a serra é verdade porém cúmplice, amiga, o pingo no sapato para as visitas
— Tem momentos de lucidez coitado

e quais momentos de lucidez, a doença sumiu-se, o senhor Hélio já dono das palavras
— Vais crescendo rapaz
mais alto que o pai e no entanto o
— Sabes?
a perturbá-lo sempre, o pingo no sapato
— Momentos de lucidez mas mais raros
e a ignorância dele, deslocou uma perna para fora da cama e o enfermeiro a arrumá-la no colchão
— Que mania
procurou responder que o esperavam na vila, que a criança
— Pão pão
e por causa da criança tinha de despedir-se e no seu lugar o senhor Hélio
— És o Antoninho não és?
hei-de conquistar cada degrau, não tombo na toalha nem escrevem que faleci em maiúsculas tortas e a mãe a fitar o papel sem se atrever a rasgá-lo, não o deixava na mesa, não o deixava na cómoda
— Onde ponho o papel?
não, a mãe de agora tacteando o ar
— Quem és tu?
roçando-lhe a cara com a ponta dos dedos, o pingo no sapato
— Por exemplo neste instante ausentou-se outra vez
e ausentara-se realmente numa água mais espessa que a água e lá em cima o reflexo das luzes a decompor-se e a reconstruir-se para se decompor de novo, tentou sentar-se na bicicleta mas os pedais falharam, assentou o ouriço no muro para o esmagar com uma pedra e a cozinheira
— Vai aleijar-se menino
ao mesmo tempo que o sorriso
— Não foi difícil pois não?
isto em Lisboa ou na vila, não se recordava ao certo, recordava-se do médico
— Vamos ter de operá-lo

e ele a diminuir de pavor, o mundo estranho à sua volta e na cabeça
— Se calhar é simples
interrogou o pai morto
— Não foi difícil pois não?
a pensar trocaram os exames, enganaram-se, referem-se a um sujeito qualquer, não a mim, sou o Antoninho, tenho dois dentes postiços, aprendi a andar de bicicleta aos sete anos, há momentos em que me sinto contente quando o meu pai
— Sabes?
talvez querendo avisá-lo, na nascente do Mondego rãs minúsculas em seixos, o médico à espera e surpreendeu-o que a sua vida dependesse de um fulano vulgaríssimo a pedir
— Um momento
para responder ao telefone
— Ligo depois mas em princípio de acordo
e ele a perceber que já não fazia parte da vida, os dedos do médico passeavam sem destino na secretária criando objectos que não havia antes de lhes mexer e ele
— Olha um agrafador
um mocho de estetoscópio
— De onde veio o mocho?
uma agenda de argolas num dia passado e ganas de emendá-la, qual o motivo das agendas de argolas a teimarem no que foi, tinha uma agenda também e não a folheava, para quê, não diga
— Sabes?
pai, cale-se, não é que não me agrade a sua ajuda, é que não pode um pito por mim, o médico pegou na caneta e largou-a
— Quer uma semana para pensar nisto?
pensar em quê, como, voltar para casa no interior de um corpo que embora conhecesse não lhe pertencia, mirou as mãos, disse
— Mãos
e a que mãos falava, as do médico, as suas, lembrou-se do sorriso a encorajá-lo e voltou a cara ao sorriso, que mês

esquisito março, que primavera hesitante, a carroça do Virgílio numa esquina, o tio a ajudar o senhor Hélio a descer os degraus e a mãe
— Tal qual um jovem
uma semana meu Deus, sete páginas da agenda de argolas que deixaria em branco e o coração a escrever um lamento sem fim, pediu
— Não me interrompam
quando não interrompiam, não lhe batiam à porta, não o procuravam salvo a criança da serra
— Pão pão
percebeu o eco de uma pedreira que os britadores martelavam e a dona Irene a trazer a harpa e a massajar as falanges
— Há quantos anos não toco
à tona da água mais espessa que a água o reflexo das luzes, tem momentos de lucidez mas sempre mais raros, o pingo no sapato
— Em geral estes doentes
e cessou de escutá-lo, escutava o abismo da enfermaria e o senhor vigário
— Lebroto
o tio a passar por ele
— Antoninho
o senhor bispo abençoava as estevas e nenhum súbdito ali, a governanta do senhor vigário a oferecer-lhe um cacho
— Para te lembrares de nós ao partires
e solas aguardando no portão prestes a começarem a andar, veio-lhe à memória uma cobra na horta, procurou um pedaço de tijolo para matá-la e a cobra escapou-se, a primeira nota da harpa desceu ao seu encontro de mistura com a dor que não chegava a dor
— Garanto-lhe que não vai ter dores
e não lhe importava a dor, importava-lhe o sorriso dos seus dezasseis anos
— Então?
e ele a abotoar o casaco com medo

— Não sou capaz não sei
na varanda um prédio com a bandeira sem força ao comprido do mastro, peitoris onde o espiavam e a certeza que sabiam quem era
— O Antoninho não é?
o médico
— Senhor Antunes
e ele admirado com o
— Senhor Antunes
porque não se trata por senhor Antunes um rapaz de dezasseis anos, trata-se por
— Cachopo
por
— Miúdo
engorda-se num suspiro
— Quem me dera a tua idade
e distraem-se da gente de modo que sem que dêem conta retiramos a agulha do soro, as fraldas, a algália, procuramos a roupa, galgamos a estação onde pilhas de jornais de muitos meses à espera que o meu avô os lesse e não leria, contornamos a base da serra, as vespas perseguem-nos um momento e desistem e mesmo que o nosso pai junto à nascente do Mondego
— Sabes?
e uma criança
— Pão pão
não nos sentamos com eles, abrimos os braços como os milhafres e giramos, desprovidos de peso, numa curva sem fim.

29 de março de 2007

Agora que não desejava nada e tudo lhe era indiferente não existia vila nem Lisboa, existia uma mosca entre a cara e a mão a esfregar as patinhas e não precisava fosse do que fosse a não ser dela, uma companhia, uma sócia, teve medo que a mosca o abandonasse, apeteceu-lhe pedir
— Fica comigo
por não lhe interessarem as visitas como não lhe interessava o que havia sido ou o futuro que poderia ter, anos numa casa de província ruindo pedra a pedra no interior da hera, a mosca numa das pálpebras e ele consolado com a mosca, alguma coisa que permanecesse consigo
— Cada vez dorme mais
e não dormia, assistia ao tempo embora o tempo imóvel e os seus órgãos imóveis, o cérebro provavelmente trabalhando ainda dado que se via correr sob a chuva de abril a caminho não se lembrava donde ou a escrever a Deus no Natal e Deus respondia, quando foi do comboio eléctrico delegou na avó
— Ele acha muito caro
e espantou-o que Deus atento aos preços e a fazer contas como ela num caderno de escola com uma menina de tranças a empurrar um arco na capa e a tabuada de multiplicar atrás, a mosca trocou a pálpebra pelo lavatório esfregando as patas com a mesma energia e a criança toda a noite
— Pão pão
sob a varanda impedindo-os de dormir com a sua reza monótona até a avó lhe estender um pedaço e ela continuar a olhá-la sem o aceitar, emboscava-se nas figueiras e regressava ao crepúsculo, não estava apenas sob a varanda, estava na

capoeira, na arrecadação, no que fora o lagar e para além da criança outros vestígios de gente, não as velhas de xaile, silhuetas que se deslocavam sem ruído nas moitas, a avó apontando uma delas
— O meu padrinho
a beber água no balde do poço
— Nunca me deste atenção Ofélia
com o golpe de navalha de um desentendimento na cara e um canino quase rompendo o lábio
— Sou um canino
enquanto ninhos de cegonhas pingavam chaminé abaixo, quando o avô faleceu comoveram-no os objectos na mesinha de cabeceira, sobretudo uma pata de coelho a dar sorte ao quarto, o espelho sem saber o que fazer
— O que reflicto agora?
e reflectia-o a ele, aqui gordo e ali magro derivado aos efeitos do esmalte, a examinar-se a si mesmo
— Boa tarde Antoninho
a pata de coelho no anel das chaves, ele a imaginar o que abriria e com receio de girá-la, provavelmente atrás das fechaduras o avô
— Já cá não ando reparaste?
a esconder um chinelo sob a cómoda, a retirar uma nota, a lembrar-se que defunto e a deixá-la no tampo à medida que ele pensava no dinheiro dos mortos, de que forma o ganham e quem lhes aceita as moedas, o pai e o tio usavam-lhe a roupa mas nenhum lia o jornal na varanda, o senhor Hélio alcançava o primeiro degrau, recordava-se do funeral, abandonava-o em manobras complicadas derrubando um vaso e ia-se embora sob os castanheiros órfãos, encontrava-o no largo a baralhar dedos para uma paciência de falanges, perguntava-lhe
— Quer que converse consigo?
mas já dispusera os dedos num tabuleiro e principiava a voltá-los verificando o naipe, como o mundo se modifica ao darmos-lhe atenção, tudo se exalta, rumoreja, transforma, não eram os enfermeiros que se ocupavam dele, eram os murmúrios no quarto do avô, um dia teve coragem de entrar no chalé

do veterinário ao abandono e encontrou uma senhora a fazer renda numa cadeira de baloiço
— Sou a nora dele
levou o tio, evitaram um tanque seco com um pardal ainda mais seco rodeado de formigas, escolheram a porta das traseiras a que faltavam vidrinhos e um corredor, uma sala, muletas de inválido, subiram ao primeiro andar por uma escada a fugir a ambos
— Estão a pisar-me
o tio ciente do penar das coisas
— Desculpe
com as quais mantinha uma intimidade que ele invejou e uma clarabóia onde se esparvoavam morcegos, um cavalo de pasta se calhar da criança que reclamava
— Pão pão
fezes de gato embora nenhum gato, nunca uma pessoa que fosse enxergou um gato na vida, pensamos que nos pertencem e na realidade inventamo-los como inventei esta doença que por seu turno me inventa conforme inventa o hospital, os médicos e a fantasia de morrer, o meu avô não morreu, está no quarto a introduzir a pata de coelho nas fechaduras do ar, roda-a e o escritório onde trabalhou na cidade com os colegas a cumprimentarem-no
— Julgámos que te tinhas reformado
torna a rodar e o pai dele exibindo um pedaço de jarra
— Quebraste-me isto tu?
o pai do meu avô um postal numa gaveta, volto quinta-feira saudades, que o avô observava com rancor, o que significa volto quinta-feira saudades para que o avô assim, o pingo no sapato enquanto ele pensava nas mil linguagens das ondas
— Vai indo devagar mas não sofre descansem
e não sofria a remoer o postal, aí estava o cartão sem que a tinta envelhecesse, saudades e portanto vivo em qualquer lado, quase a chegar não se sabia donde, ele às quintas-feiras na estação dos comboios em que o pai do avô não se apeava, apeavam-se os jornais lançados da carruagem por braços invi-

síveis e intrigava-o que continuassem a mover-se no chão em contracções de tripas, apeava-se o farmacêutico de fato novo a comentar para o empregado que mandava as locomotivas partirem acenando a bandeira
— Que mulher
num resplendor saciado e uma rapariga a lutar com um pato vivo no braço, se calhar a mãe do avô antes dele no apeadeiro até muito depois do fumo desaparecer e os abetos de novo, ela e um cão que não lhe pertencia na plataforma deserta, os cães ao contrário dos gatos existem, rondam a gente, não nos largam, para quê inventar gatos se nos desprezam sempre, somem-se nas pálpebras e depois as pálpebras somem-se na dobra de si mesmas, claro que os inventámos, nunca foram, não são, a dona Irene convencida de morar com um gato
— O meu gato
para se impedir o pânico de viver sozinha, deixando um pires de leite e um caixotito para as necessidades no mosaico, espiava de manhã o pires de leite cheio e o caixotito intacto a acreditar tanto no bicho que em certas alturas um focinho instantâneo num ângulo de poltrona, chamava
— Gato
e a poltrona somente, não existem gatos convençam--se, eu não minto, volto quinta-feira saudades de modo que a mãe do meu avô à espera com o seu vestido antigo e a certeza que as pessoas regressam, hoje, amanhã, para a semana ou talvez que no fim de contas também é uma esperança, o tio interessado no cavalo de pasta
— Conta lá melhor essa história da nora
que se calhar acreditava em gatos também e o tio no resmungo que as pessoas usam nos sonhos
— Conheci o veterinário
conheceu o veterinário e conheceu a nora toda fechada em lutos a quem o senhor vigário com Deus no interior de uma taça ia dar a comunhão ao chalé, o capelão do hospital não dava comunhão alguma, imprimia-lhe com o polegar um pelo sinal na testa
— Desgraças

e consultava o pingo no sapato acerca do joelho que tinha de erguer com roldanas ao levantar-se durante a eucaristia
— O que pode ser isto doutor?
e o pingo no sapato, verificando a cadência do soro, sugestões de massagens, a mosca tentou o capelão que a apanhou na palma, girou a torneira do lavatório, colocou-a sob a torneira e a mosca no ralo
— Malvada
de modo que ele a duvidar do catecismo, o tio imobilizou-se no chalé, na atitude dos perdigueiros em posição de arranque
— Não dás por pessoas aqui?
e não dava por pessoas, dava pelos espinhos no quintal friccionando-se uns nos outros, tinha medo, tinha fome, julgou avistar um unicórnio a espreitar de uma camilha e assustou-se com o unicórnio, queria achar-se ao pé da mãe, queria que o pai
— Sabes?
sem se atrever a tocar-lhe e ainda bem que não tocava, ao devolver uma bola de ténis segurava-a com a ponta dos dedos de modo a que a mão do pai não roçasse na sua e no entanto hoje, se o pai continuasse vivo, gostaria de propor-lhe
— Toque-me
mesmo que não fosse junto à nascente do Mondego, a parte onde a serra ardeu parda e a parte onde a serra não ardeu giestas narrando a nossa história desde que nascemos, o meu pai
— Sabes?
e por favor toque não no senhor Antunes, em mim, diga filho, inclusive antes de falecer quando ainda tratava as pessoas pelo nome não
— Filho
o pai
— Tu
e no forro do
— Tu
porventura um

— Filho
discreto, pudesse eu ir consigo ao hotel dos ingleses, ao pinhal, à horta e a minha cabeça à altura do seu peito, se o pai estendia o braço para o ajudar numa ladeira fingia que não topava e desviava-se dele, o tio a insistir
— Não dás por pessoas aqui?
e claro que dava por pessoas, não só a senhora na cadeira de baloiço, mais presenças, o farmacêutico de fato novo para o empregado a mandar as locomotivas partirem
— Que mulher
estranhos que faleceram antes do seu nascimento a conversarem dos lobos na escola durante a brancura suja do inverno, de noite os sons distantíssimos tornavam-se vizinhos e o eixo por olear da terra sobrepunha-se aos relógios anulando o tempo, porque não mandou um postal tio, chego quinta-feira saudades, cuidava vê-lo aproximar-se da almofada
— Tenho a tua bicicleta lá em baixo
faltava-lhe uma roda, o farol não trabalhava mas servia que alívio, ele a pedalar e o tio de mão no selim até ficar para trás e perdê-lo, não vá para o poço tio, não vá para Espanha, em que altura do Mondego começarão os peixes, em que altura dos peixes começarão as gaivotas, em que altura das gaivotas começarão os barcos que se reflectem não na água, no ar, o que pretendem as pessoas do chalé que as escutava interrogarem-se
— Diz-te alguma coisa o catraio?
a chuva de março na janela e os órgãos continuando a escrever no seu idioma cifrado semelhante ao dos adultos à mesa que só percebia ao corrigirem-lhe os modos
— Não se enfia o queixo no prato
o pai sem corrigir coisa alguma
— Não metes o teu filho na ordem?
e não metia o filho na ordem, sempre o conheceu a pensar noutra coisa sem que adivinhasse qual era, emendava o pomar e fabricava maçãs arredondando as mãos, erguia-as vazias e ao separá-las um fruto, enfiava o dedo na terra e trazia um grilo, pena de não haver maçãs nem grilos no hospital, um

oco de espera e às três da tarde os parentes dos outros intimidados pelo silêncio que embainhava os sons e onde dores que não se tinha a certeza a quem pertenciam pulsavam devagar

— Sabes?

na última vez que se chegou a ele arredondou as palmas e em lugar de construir uma maçã ou apresentar um grilo separou-as vazias

— Já não consigo

e ele a pensar se esqueceu uma bola de ténis nas moitas, até hoje que tudo lhe era indiferente pensava se esqueceu uma bola de ténis nas moitas procurando lembrar-se de cada buxo, cada cova, cada melena de ervas e descobria gafanhotos, escaravelhos, lesmas, o que julgou um sapo e não um sapo, uma pedra ou então um sapo a que faltavam patas, ele e a pedra fitando-se, amolgou-a com o bico do pé e nada, se não estivesse no hospital sepultava-a no bolso para a observar pasmado, a mãe

— Juntas pedras menino?

e juntava pedras como juntava cascas de moscardo, pregos tortos, casulos, maravilhas com que fabricava o mundo, não era o pai que o inquietava, era a ausência da bola, a suspeita que o pai

— Filho

e qual a importância do

— Filho

e o que fazer com ele, traga a cadeira de baloiço do chalé e fique a dançar para diante e para trás jurando

— Sou teu pai

as vezes que lhe apetecer, não me rala, até no hospital escutava

— Filho

o pingo no sapato

— De tempos a tempos o coração agita-se

e o coração mentira, frases soltas num resto de memória

— Que mulher

o barbeiro a inclinar-lhe a bochecha com os dedos mornos e ele assistindo ao cabelo a tombar na toalha

— Tens lá a dar com um pau
e hoje fiozinhos na pele amarela, o barbeiro
— Que sucedeu à lá?

indignado com o seu descuido a recolher os instrumentos coxeando na bata, passava diante da loja a imitá-lo enquanto o homem, não lhe vinha o nome, aparava o bigode do senhor Hélio em toquezinhos precisos, o bigode várias cores começando pelo castanho e tornando-se claro na direcção do nariz, o barbeiro a disfarçar o castanho

— Se eu não tivesse deixado de fumar parecia agora uma caçarola ao lume

com um pincel de tinta branca, dava por mim e mancava aos tropeções para a navalha

— Corto-te a goela marau
ele a correr para casa sem notar a dona Lucrécia
— Rapaz

mal o cortejo de rolas os levasse a todos mancava sozinho na vila entre os pombos do largo e não a chuva de março no hospital, os cheiros de agosto de que tinha saudades, o enfermeiro para o colega que o ajudava a mudar o saco da algália

— O que fazia ele antes de estar aqui?
e se pudesse responder dizia
— Esperei o pai do meu avô na estação

chego quinta-feira saudades e não chegou, a surpresa e o terror tinham desaparecido há dias e nos intervalos do sono procurava quem fora, de manhã uma estranheza

— Sou eu

este pijama, esta cara, imaginava-se sem corpo e de súbito aquilo e naquilo desconfortos, cansaço, o pasmo de lhe darem um nome e falarem com ele, a avó

— Queres provar a compota?

antes de encher os boiões pegando nas coisas sem olhar para elas ou as coisas, obedientes, vinham ter consigo, não o maçava que lhe mudassem a fralda nem que as intimidades ao léu, limpavam outra pessoa, não ele, ele a assistir apenas, o enfermeiro atrás da dor

— Todo asseadinho o maroto

igual à mãe atrás do avental a secá-lo depois do banho na selha, pegada à cozinha a bomba do poço, a mãe há quarenta anos sem o secar

— Falta muito doutor?

os mineiros do volfrâmio no adro da igreja, enfiados nos bonés, não pareciam sofrer, por que motivo desde que adoeceu a vila o não largava, lá está a empregada a procurar ovos na capoeira afastando as galinhas, depositava-lhos na palma e quentes, lá está a geada em fevereiro e a preguiça da neve a alongar os seus ecos, não era Lisboa que lhe aparecia, era a vila, dois ou três solares e os palheiros dos pobres, o que me prende a isto e o que me faz regressar, sem que dê conta, ao que julgava esquecido, o roupão da avó num prego, um bêbedo a achar as mãos nas algibeiras, a desembaraçar-se delas e a continuar com as mangas vazias, o enfermeiro

— Não pensa em nada

e não pensava em nada, via a chuva na janela e a avó a queixar-se de outubro dado que a água lhe assobiava nos ossos, via o hotel dos ingleses a que o telhado começava a faltar e a relva da piscina substituída por ervas embora a estrangeira loira permanecesse ali apanhando a toalha, não via o hospital nem o pingo no sapato

— Se querem que seja franco não é uma situação fácil

tão simples de dizer para quem estava fora da situação difícil mas não reparava no homem, reparava na fita que trazia no pulso e o que esperava ele da fita, o pingo no sapato a animá-lo

— Hoje em dia temos mais recursos

a fita quase a quebrar-se que provavelmente o médico cuidava protegê-lo de um ouriço como o seu, uma das chaminés do hotel decompunha-se no canteiro e os corvos a gritarem cruéis, no outono deslocavam-se de copa em copa num esforço pesado, a cozinheira deixava-lhes sobras de comida que os

— Hoje em dia temos mais recursos

cães lhes disputavam num reboliço de penas

— Se querem que seja franco não é uma situação fácil

e sorriu à ideia de o barbeiro não ter de lhe pintar o bigode nem o descobrirem a resolver paciências de dedos, o

senhor Hélio dirigira a Cooperativa em tempos e se lho mencionavam uma meditação incrédula
— Cooperativa?
a palavra Cooperativa familiar sem que percebesse como, um escritório, barricas, bois de papada murcha à espera, tudo tão difuso, tão pálido, uma mulher que o tratava por
— Pai
e ele sem se distrair dos dedos, a mulher que o tratava por
— Pai
a uma criatura de óculos
— Temos de pensar em interná-lo senhora
num andar onde dormitavam seres informes em cadeiras ortopédicas, dona Lurdes, dona Amália, engenheiro Oliveira, espevitou-se com a fita do pingo no sapato, rompe-se, não se rompe, uma palma no seu ombro
— Há-de correr tudo bem senhor Antunes
e claro que há-de correr tudo bem amigo embora os cães me levem pedaço a pedaço, já corre tudo bem não vê, o coração e o fígado hesitam mas começam de novo, a dor fareja se me distraio mas não aborrece, desiste, é janeiro amigo, não março, os candeeiros acesos às quatro da tarde e em redor dos candeeiros a noite, o pingo no sapato a devolver-lhe o ombro
— Ao contrário do que possa pensar não estou desiludido
e graças a Deus que nenhum de nós se desilude amigo, não é outubro como na vila e a água não assobia nos ossos da minha avó nem a hera começa a perder as gavinhas, os lobos abandonam a escola e eu no hospital sem sentir o corpo vazio, como você disse a olhar para outro lado não para mim
— Hoje em dia temos mais recursos
e temos a camioneta da carreira e o poço, a gente debruça-se e nem um brilho no lodo, um contorno de pedra primeiro e a seguir o escuro, o meu tio
— Continuas a saber fazer oitos?
e não existe um só pilar de granito a impedir-me de partir.

30 de março de 2007

À noite apagavam as luzes do quarto menos a ampolazinha que a avó deixava acesa a fim de o proteger do escuro e os ramos da hera batiam contra o vidro a chamá-lo embora pronunciassem um nome que não era o seu, alguém que ocupara o quarto antes ou viria a habitá-lo depois quando o levassem dali, quantas vezes ao sair tornava a rodar a chave na fechadura, observava do capacho a casa sem ele e tudo lhe parecia mudado, a mobília, a cor das paredes, até a forma da sala esperando uma pessoa que havia de chegar, quem sabe se não se encontrava já na cozinha ou no quarto e de facto a impressão de passos e gavetas remexidas, tudo isto à beira do silêncio mas presente, vivo, hesitava em entrar com receio que o expulsassem de modo que ficava no capacho cerimonioso, aflito, uma das visitas

— Está com melhor aspecto hoje

e não estava, a qualquer momento os passos iriam aproximar-se numa cadência no género da minha e um desconhecido tão imóvel quanto ele a olhá-lo com um casaco que já não lhe pertencia, roupa que deixara de ser sua, feições que cessara de ter e ele a fechar a porta, a descer as escadas, arrancando como de costume uma folha da planta no átrio, a espiar a varanda do passeio fronteiro sentindo as chaves de repente alheias no bolso, a largá-las culpado num dos caixotes da rua seguro que o miravam de cima porque dois dedos desviaram um retalho de cortina e de quem são aqueles dedos, para onde ir à noite depois de passar no prédio e ver um sujeito a consertar a sanefa e uma mulher na marquise ele que morava sozinho, os restantes edifícios mudados também, a sucursal do banco onde o empregado que o atendia não o cumprimenta, a sua cadeira na esplanadazita do café ocupada, o miúdo com o avião de brinquedo que lhe sorria sempre não atentando nele, que nome no seu bilhete de identidade e que objectos na algibeira, as visitas ao dizerem

— Está com melhor aspecto hoje

a quem se referiam, voltou atrás a procurar no caixote e não deu com as chaves, deu com as coisas de um estranho, quis lembrar-se da serra e nenhuma serra na cabeça, nenhuma vila, nenhum rio, nenhum soluço de harpa, nenhum senhor Casimiro a introduzir o cotovelo no boião dos rebuçados

— Tens-te portado bem menino?

afigurou-se-lhe que a carroça do Virgílio na vereda de amoras e engano, uma furgoneta da Câmara e operários, um deles de óculos, a consertarem uma boca de incêndio, devo estar em Lisboa mas em que bairro caramba, o semáforo no qual atravessava alternando as cores a um ritmo incerto, a mulher pendurava pijamas de criança a tirar molas de um cestinho que não possuía e onde dorme a criança, no desvão que o menor berço atravanca, no cubículo dos arrumos, a um canto da sala

— Está com melhor aspecto hoje

como se atreviam a afirmar que melhor aspecto se ignoravam quem ele era, o pingo no sapato

— Senhor Antunes

enganado no nome, acabou-se o Antunes, qual o meu apelido, por que razão aqui estou, não se sentia doente, apenas lhe custava que apagassem as luzes, memórias não suas a desviarem-lhe o passado e nem comboios nem bispo, ataram-no à cama com pedaços de lençol

— Anda a perder o norte

e do norte perdido chegavam-lhe revoadas de imagens, um rapaz numa espreguiçadeira a tossir para um frasco, um sujeito de saco ao ombro a desembarcar de um paquete e a pegar-lhe ao colo

— Este é que é o meu sobrinho Luísa?

existências alheias a invadirem a sua, episódios com os quais não sabia lidar, veio-lhe à lembrança a marquise e perdeu-a, o rapaz da espreguiçadeira agradecia a visita

— Ainda bem que vieste

ele calado

— Ainda bem que vim?

e diante do rapaz uma paisagem de azinheiras cujo perfume os embalsamava a ambos, que bom o cheiro das azinheiras em maio, a certeza de ser maio e de a terra crescer, ao voltar-se uma senhora que compunha flores

— Nunca mais me escreveste Alfredo

respirando-lhe no ouvido cochichos de censura, se ao menos a estrangeira loira do hotel dos ingleses respirasse dessa forma, a senhora a engordar lamentos

— Foste mau para mim

e o pingo no sapato a estudar análises desenhando círculos em números

— Espaça-me o soro

perguntou à senhora num cochicho igualmente

— Quem me ocupou a casa?

ondas turvas contra a muralha, manchas de óleo, palhinhas, o médico nem senhor Antunes nem Alfredo, preocupado com o soro

— Vinte gotas por minuto no máximo

que mal escutou porque o sujeito do soro o magoava, quis falar à senhora mostrando as suas chaves novas

— Quem me arranjou isto?

para que lhas traduzisse uma a uma, a da porta de baixo e a da porta de cima, a da casa na praia porque de certeza uma casa na praia onde o mar não chegava, o som da vazante impedia-o de adormecer e a boca dela um rastro de caracol no seu peito

— Não foges mais pois não?

algemando-o numa doçura ansiosa que fazia nascer um ventre inesperado no seu ventre, o broche da senhora picava-o, um gancho do cabelo picava-o, a aresta do anel picava-o, o enfermeiro para o pingo no sapato

— Não lhe encontro a veia

e a aresta do anel

— Não foges mais pois não?

percebeu o carrito de alumínio dos almoços no corredor do hospital com uma das rodas mais lenta e o tilintar dos pratos, em que lugar se achava e para que sítio escapar, não conseguia habituar-se ao passado que lhe davam de modo que tentou trazer a vila até si, conseguiu uma igreja mas não era a mesma igreja, nenhum cemitério junto dela nem os doentes do volfrâmio no largo, procurou sinais dos lobos e a igreja e os doentes do volfrâmio rodopiaram no ar e perdeu-os, se lhe apetecesse a sua rua não a descobria em Lisboa, dava com o jardinzito e a loja dos paquistaneses onde comprava as mercearias e o resto ausente, o escritório da seguradora ao lado da agência de viagens com as empregadas a fumarem no passeio, as feições dos passageiros do autocarro pintadas nas janelas como as feições dos bombeiros no carro de bombeiros de folha com a escada de emergência partida que lhe ofereceram em pequeno, de vez em quando algumas das feições evaporavam-se dos caixilhos e desciam na paragem transformadas em pessoas, estranhava que tivessem tronco, braços, pernas e conseguissem andar, um primeiro passo indeciso e a seguir, já habituadas, contornando uma esquina, a oficina de automóveis desvanecer-se-á também e dúzias de postigos em que não reparara, o sujeito que desembarcou do paquete poisou-o no chão

— A velocidade com que eles medram Luísa

e a que chamava Luísa invisível, possivelmente um homem a acompanhá-la porque um fósforo, um cigarro e um vazio a arder, o pingo no sapato verificava no relógio a cadência do soro

— Deixa ficar assim

como se estivesse no hospital e claro que não estava, ouvia arbustos selvagens e o bochechar das ondas, a senhora que compunha flores

— Obrigada

a agradecer o quê, procurou escutar o rápido da uma da manhã e os viajantes que em lugar de se apearem se escondiam, teve pena do que lhe ocupava a casa dado que um balde sob o cano roto do lavatório pingando apesar da serapilheira que meteu à volta, disse

— Mãe

sem querer porque não pensava nela, pensava nos milhafres à espera que um frango atravessasse a rede para descerem a pique sobressaltando os cães, não mencionava os gatos dado que consoante provara eram seres sem substância, pedrinhas de mica que se tomavam por olhos conduzindo uma sombra que se materializava nos muros, fora dos muros quando muito um mindinho delicado nas teclas de piano do chão ou um arrepio nas telhas mas as telhas podiam ser corujas que perderam a bússola, o pai levantava o nariz um segundo e continuava a comer, quase não pegava nos talheres que se moviam sozinhos e em contrapartida a ele resistiam, a mãe

— Não há maneira de teres modos

e não era culpa sua, era a troça das coisas, ao pegar por exemplo no copo tinha de repetir

— Vou pegar no copo

e apertava-o com força para que não caísse, a surpresa e o terror estenderam um prolongamento na direcção do peito

— Vou morrer

e deixaram-no por não ser o senhor Antunes num hospital de Lisboa e por não ser o senhor Antunes continuava eterno, dúzias de semanas à sua frente meses, anos, o rapaz da espreguiçadeira

— Não me achas curado?

não a exigir a verdade, a implorar mentiras para se mentir a si mesmo, que esquisitos os sapatos vazios com as meias vazias dentro, quem habita às escondidas a roupa nos cabides, apertamo-la e ninguém, não apertamos e gente, pessoas no varão umas ao lado das outras, se voltasse a casa, e não voltava a casa, as estantes um recuo de estranheza

— Tu?

e ele incapaz de orientar-se nos compartimentos alterados, um divã no lugar da consola, a toalha com uma nódoa que um pote cobria e o seu telefone a tocar para intrusos, a senhora das flores

— Nunca mais escreveste Alfredo

ele que não escrevia fosse a quem fosse, não nos respondem às cartas, encontrava no correio prospectos que enfiava nas caixas dos vizinhos e regressavam à sua, se lhe enviassem um postal, chego quinta-feira saudades, não acreditava e mesmo que um passageiro se apeasse do rápido da uma não caminhava até ele, a senhora das flores
— Anda comigo Alfredo
e o rápido da uma afogado em pinheiros, o pai
— Agora posso contar-te
e no instante em que o pai começava a falar acordava com o enfermeiro a entregar-lhe um comprimido
— Engula senhor Antunes
depois do comprimido a almofada de novo e ele exausto, a senhora das flores a engomar-lhe as calças
— Tens tão pouco cuidado contigo
satisfeita por tratar de si que se notava nos gestos, raspava crostas e continuava a engomar, o sujeito do paquete
— Aproveitaste a minha ausência para te pores homem
e ele a sentir-se culpado por se pôr homem no meio de sacos e fardos, depois do cais a cidade, não a estrada para o hotel dos ingleses nem o caminho da serra, avenidas e praças cada vez menos claras enquanto adormecia, a avó perdida para sempre
— Antoninho
a reparar que se enganara e a emendar
— Alfredo
cabanas numa encosta, um viaduto, uma estrada, o pai conversava com ele e o sono impedia-o de escutar, respondeu consciente que nenhuma sílaba
— Diga mais alto pai
à medida que se afundava num torpor povoado de formas descoloridas, o médico
— É natural que se ausente
os órgãos no ecrã manchas vagas, os olhos percebiam a senhora das flores
— Já falta pouco espera
e por não depender dele não conseguia esperar conforme as solas o não esperaram, caminhavam no sentido do

pinhal ou da igreja, não compreendia ao certo, o rapaz da espreguiçadeira convidou-o a tomar-lhe o pulso
— O que achas?
o solzinho das seis horas na vila e um tentilhão a agitar uma copa, o primo do Virgílio fritava-os na soleira, de gordura a escorrer para uma nesga de pão e cuspia os ossinhos numa lata vazia, dava fé que o pai se explicava sem que a explicação o contentasse, não há explicação para o que quer que seja, é isto, o rapaz dedos que subiam a manta até ao queixo no desejo de uma protecção que não vinha, o vento forçava as portas em busca do lugar de onde tinha saído, não quero este passado, quero os castanheiros, os freixos, o meu tio no lugar do sujeito do paquete ele que não virá nunca de Espanha, varejem o poço e os dentes sob a água, sentia os próprios dentes aparecerem dos paninhos dos lábios e ficarão eles por mim, os únicos a quem não deram um ecrã onde escrever a sua história, a senhora das flores guardou a tábua e o ferro e enganchou o avental entre os panos da loiça
— Um momento Alfredo
adivinhou-a a aperfeiçoar o cabelo ou a abrir a caixinha dos brincos a hesitar entre dois pares colocando-os alternadamente a estudar o efeito, construções de subúrbio, uma escola, na dele o professor não
— Antoninho
uma rapidez de chicote
— Antunes
e a seguir ao Antunes
— Os afluentes do Tejo
não aquele sobre o qual descer a caminho da foz, à direita da escola uma criatura de bengala parecida com o sujeito do paquete
— Estava a ver que não chegavam Luísa
à medida que ele pensava como seria a Luísa, conhecia-lhe a saia e a blusa mas o pescoço longe demais para alcançar a cara, apesar de amarrado à cama tiraram-no do automóvel e não o estenderam numa maca, colocaram-no de pé
— Anda a cair de fadiga

e como esclarecê-los que não era fadiga, era o ouriço a crescer, o pingo no sapato

— Não torna a andar

e afinal andava, a surpresa instalou-se nele e recuou num encolher de vazante deixando pedrinhas ácidas e um lamento de alga antes de as gaivotas a comerem, o mercadorias das onze cruzou a varanda com os vagões fechados, às vezes na estação lobrigava vitelos numa falha de tábuas, a senhora das flores com um brinco

— Consegues apertar esta rosca?

e sem os óculos de ver ao perto não acertava, a senhora ligou o candeeiro e virou a orelha para a luz, deu com o olho de um vitelo na falha das tábuas e afastou-se num salto, o empregado da estação

— Vais comê-lo para a semana menino

e durante meses mal a travessa chegava explorava o prato com o garfo, a avó

— O que se passa menino?

e como convencer a avó que não se mastiga um amigo, a rosca quase lhe escapou dos dedos mas segurou o espigão e conseguiu prendê-la, se desse com o olho no prato desmaiava de certeza, o médico a observar o ecrã

— Houve aqui um espasmozito

e claro que houve um espasmozito, que admiração um espasmozito, por pouco não trincava um soslaio, o professor

— Nem um rio?

enquanto o colega gordo enumerava catorze, queria ser limpa-chaminés ou ministro e não foi limpa-chaminés nem ministro, herdou a retrosaria do pai e tirando a nascente do Mondego nunca visitou rio nenhum até que os nomes dos rios se esvaziaram de sentido, palavras que guardou toda a vida da mesma forma que se conservam tubos de remédio sem pastilhas, para quê tanto rio e medir veludilhos roubando nos centímetros com um metro de pau, a senhora das flores apagou o candeeiro a certificar-se da resistência do brinco

— Não és muito habilidoso pois não?

e o olho do vitelo não lhe abandonava a ideia no meio de dorsos e caudas, hastes de feno roídas num vagar sem tempo, engoliam-nas e chamavam-nas à língua para as engolirem de novo, catorze rios, a sério, quem é capaz de catorze rios nesta vida, a criatura da bengala
— O que eu rezei para ter a família comigo
uma salita mais pequena que a dele com uma prateleira de miniaturas de bichos ganhas nas embalagens de cereais, um crocodilo de mandíbulas tremendas, hipopótamos, elefantes e uma concertina num gancho, obrigaram-no a um pingo de licor que sabia a insónia e o médico a alarmar-se
— Outro espasmozito senhores
ao mesmo tempo que a criatura da bengala
— O teu filho parece não se entusiasmar com o digestivo Luísa
a fotografia do rapaz na espreguiçadeira jurava
— O pior já passou
de tosse a baralhar-lhe a cara, suspeitou que alguns vagões do comboio de mercadorias cheios de rapazes em espreguiçadeiras a anunciarem
— O pior já passou
de forma que regressando à vila espreitaria as falhas das tábuas convencido que um pedido de ajuda, perguntou ao homem da bandeira
— Para onde os levam senhor Liberto?
e o senhor Liberto mudo, um dia destes desligam os ecrãs e ele num vagão também a aperceber-se da passagem dos pinheiros e da criança
— Pão pão
as visitas espiolhavam carruagens procurando-o
— Antoninho
na plataforma da vila, imaginou que à noite, quando apenas a ampola que a avó deixava acesa o sossegava, a hera a pronunciar um nome que não era o seu, nem
— Antoninho
nem
— Alfredo

talvez o do homem que lhe ocupava a casa e ele no capacho como um estranho, imaginou que à noite entornavam os doentes do volfrâmio nos vagões porque menos bonés a enrugarem-se ao sol, apesar da mina fechada uma fosforescência de túneis e um mineiro perdido ora perto ora longe com o tacho do almoço na mão, desatrelavam a carruagem no matadouro, chamavam-nos não pelo apelido que não tinham, qual o apelido dos pobres, picando-os com uma vara

— Vamos lá

e os bonés a tombarem um a um sem protestos, ninguém protesta na vila, concordamos, o que se ganha em não obedecer a quem manda na gente, gritou à mesa

— Não me entreguem o prato

sempre que um comboio lá em baixo escondia-se na despensa e reaparecia bocadinho a bocadinho, o nariz, um joelho, ele inteiro por fim e a senhora das flores

— Onde estiveste Alfredo?

o carrinho do jantar no corredor do hospital assustava-o com a roda defeituosa a vacilar e a seguir, tabuleiros de alumínio embatendo uns nos outros, queixumes de pessoas

— Porque me escolheram a mim?

e para quê zangares-te, escolheram-te e pronto, a ocasião chega a todos, tornas-te livre mais cedo, passeias por aí com os restantes defuntos à procura do que deixaste de ter e de que vale procurar se não encontras, o que te pertenceu sumiu-se ou esfarela-se na cave, a senhora das flores a entregar-lhe as calças

— Ao menos vais bonito Alfredo

sem perfume nem pintura, de vestido de luto, devolvam-me o que é meu, dêem-me um mês ou dois que um mês é eterno, digo

— Obrigado

à senhora das flores consoante a minha mãe na loja do senhor Casimiro

— Não agradeces tu?

e o senhor Casimiro a desculpá-lo

— Catraios

que designação tão imprópria em relação a ele, catraio, desde que se lembrava considerou-se adulto, se lhe apetecesse lia o jornal, jogava ténis no hotel dos ingleses, casava com a estrangeira loira e arrependia-se de não ter casado, mostrou a aliança comprada na feira à avó

— Casei-me

a avó a estudar a aliança

— Não é de oiro é de lata

e que diferença fazia que lata, exibiu-a à cozinheira e a cozinheira respeitosa

— Sim senhor

enquanto lhe atava o guardanapo ao pescoço

— Agora que casou não se suje

que culpa tinha ele de o arroz pingar da colher não se mantendo na concha, a estrangeira loira aliança alguma e no entanto o matrimónio óbvio, os eucaliptos sabiam, os freixos sabiam e o facto de os eucaliptos e os freixos saberem bastava--lhe, preveniu o Virgílio

— Não sou menino sou senhor

e o Virgílio com uma expressão que preferiu não decifrar

— Senhor

sem lhe consentir pegar nas rédeas nem instalar-se no banco

— Meta-se lá atrás com as batatas que esta geringonça vira-se

consolou-se pensando que o senhor bispo lá atrás no automóvel, era um diácono sem importância que viajava à frente, o senhor bispo dava a luva a beijar nos intervalos das bênçãos enquanto as velhas de luto

— Eminência

e os sinos num repique festivo, verteram-lhe mais licor entre hipopótamos e crocodilos

— Outro pingo miúdo não é todos os dias que se reúne a família

e uma tontura, um peso, o sujeito do paquete a elogiá-lo

— Aguenta como um almirante

a salinha para a direita e para a esquerda imitando as marés, o sujeito do paquete

— Vê-se logo que somos do mesmo sangue ri-se do álcool como eu

e ria-se do álcool encolhido no sofá onde uma mola perversa lhe torturava as costas, o enfermeiro

— Nem um pontinho na fralda

o sangue forte, seguro, a mulher que se chamava Luísa a rodear-lhe os ombros

— Acho que adormeceu coitado

e mentira, via as traseiras dos prédios, lama de inverno, um pátio, pensou pertenço a este sítio ou à vila, para alegria da mãe disse

— Obrigado

ao senhor Casimiro e à esposa que se enternecia com o mundo

— Que obrigado tão lindo

a mãe orgulhosa que o obrigado tão lindo

— Ele quando quer é um amor

sem dar fé que o amor numa carruagem de gado a espreitar pelas frinchas das tábuas, sem dar fé que um olho seu

— Mãe

quando o senhor Liberto agitou a bandeira e o comboio partiu, o pingo no sapato

— Vê-me aí o coração

o apeadeiro diminuiu e árvores somente, o limite da vila perdido, a senhora das flores

— Alfredo

e ele a observá-la minúsculo, incapaz de responder.

31 de março de 2007

Ou outros passados ainda, a sua vida cheia de passados e não sabia qual deles o verdadeiro, memórias que se sobrepunham, recordações contraditórias, imagens que desconhecia e não sonhava pertencerem-lhe e nisto, sem aviso, começou a ter dores na espinha e no ombro e ele só espinha e ombro, o resto não contava, de ouvidos atentos não aos ruídos de fora, à conversa da dor em que uma voz repetia a mesma frase sem que lhe descodificasse o sentido, se calhar pertencia a uma das visitas ou aos tais passados que lhe entregaram no hospital para o distraírem da doença
— Tome lá
tantas fantasias na sua cabeça, um senhor a tocar piano, um grito durante o sono e ele a pensar
— É meu?
o cãozito trémulo sobre as patas traseiras que lhe lambia os dedos consoante ele lamberia os dedos que lhe afagassem o rosto, o senhor que tocava piano virava a cabeça na sua direcção a concordar, se ao menos conseguisse uma lágrima no negrume de que era feito, encontrou nos arredores da vila pedras que choram, não segregavam uma lagartixa ou uma vespa como em geral o granito mas uma vírgula de água, garante-se
— Não pode ser
passa-se o dedo e húmido, a avó
— Uma lágrima?
a passar o dedo por seu turno e seco, o tio pelo contrário percebia-se que chorava não pelo barulho, barulho algum excepto os pinheiros e as loiças que volta e meia anunciam
— Sou uma terrina um prato
nervosas que a gente esqueça, que frágeis os objectos

— Sirvo para beber sirvo para arrumar tralha
incluindo o vento que servia para girar a cancela, a dor deslocou-se do ombro para o braço e o senhor do piano a rodar no banco
— Que tal?
a avó escutava o padrinho que lhe aparecia nos espelhos
— Incomodo?
e só ela notava
— O padrinho Apolinário manda cumprimentos
uma sombra de chapéu a aguentar a viagem desde a cidade na camioneta da carreira ele que sofria da coluna, se espiassem o interior dos vidros apenas estofos rotos e uma galinha órfã de patas e bico atados a engrossar o pescoço de susto, se calhar uma prenda que o padrinho Apolinário esqueceu ou o almoço do chofer que a depenava num canto da estrada, uma tarde a esposa do padrinho Apolinário a escoltar o marido exaltando-se com a minha avó
— Perdeste o anel que te dei?
procurado durante semanas em potes, caixas, lençóis
— O anel?
até no ar em torno suspeitosa do vazio e nos globos das lâmpadas porque o mágico do circo passava um pano e surgiam borboletas nas garrafas, a avó
— Tenho a certeza que o pus por aí
a vasculhar-lhe a boca
— Abre a boca
a mirá-lo de banda
— Não o engoliste tu?
o pingo no sapato aborrecido com os ecrãs onde nenhum órgão escrevia uma frase sensata, em lugar de declararem
— Eu trabalho
fazem erros de ortografia e divagam, a hipófise menciona os crepúsculos de outono quando as cegonhas partem, o timo com saudades da estrangeira loira, o sangue a referir-se a uma bicicleta em redor de um castanheiro e bicicletas e castanheiros que tolice de modo que abalava ofendido
— Assim não me entendo

as prendas das visitas acabaram obrigando as mãos a oferecerem-se a si mesmas, dou-lhe dedos e o que fará com os dedos, tem dez já lhe chegam, duas ou três pessoas irritadas com a chuva de março que não cessa, a costureira a acompanhar a mãe
— O seu filho
e a mãe com a ausência de dentes a apagar as palavras
— Morreu-me tanta gente
desistindo de enumerá-la por não achar os nomes, escolham vocês que não me faz diferença, sentiu-se mal educado por incomodar a família e ocupar um espaço a que não tinha direito, parecia-lhe que existia de tempos a tempos chegado de uma dormência sem relação com o sono, chamaram
— Maria Otília
num quintal com um carrinho de bebé desmantelado à porta e a Maria Otília no género do padrinho Apolinário, uma sombra no espelho, certa manhã achou o berço no sótão, um ninho de ferros tortos que oscilava em dois ganchos, a avó
— Passaste ali um ano
e que curioso haver sido outro e depois outro e depois outro até ao homem de hoje, aos cinco, aos dezassete, aos quarenta, aos cinco um senhor a tocar piano e a rodar no banco
— Que tal?
sem reparar nas águas invisíveis que iam subindo e os afogariam em breve, aos dezassete a empregada para ele
— Você não é o seu pai
e óbvio que não era o pai, o pai defunto, outros boiões a tremerem na copa, outro pacote no chão, a sua pressa
— Ajuda-me
e a certeza da avó a ralhar
— Que vergonha
aos quarenta um enjoo de para quê, uma mulher ao seu lado e ele
— Não me abandones
a porta da rua a bater ou ele a inventar que batia e de repente na sala o precipício onde ia cair, o pingo no sapato relatava o seu caso a um grupo de alunos enquanto ele pensa-

va nas andorinhas a preencherem o que separava os algerozes do telhado de detritos e lama, a quantidade de lixo de que o mundo é feito amigos, outro passado já, outro presente, deixemos os comboios que não cessam de ir e vir e as andorinhas, malditos pássaros, a gritarem no meu lugar o que não conseguia dizer, a costureira acompanhou a mãe na direcção do corredor, lembrava-se de a ouvir cantar

— Que memória a tua

e qual o motivo de os dias serem feitos de episódios assim, os relógios marcam as horas uma a uma mas os dias sucedem-se aos pulos, vão de sábado a quinta e de segunda a sexta semeados de intervalos que a lembrança perdeu, o que se fez terça-feira, o que aconteceu domingo, talvez esteja cá em maio quando os botões da cerejeira começarem a abrir, o pingo no sapato

— Maio é tarde

e o problema é que foi sempre tarde, nunca se chega na altura em que se devia chegar

— Se tivesse aparecido na consulta há seis meses

na altura em que um mendigo de harmónio tocava à esquina com a boina para as moedas no chão e ora aqui temos um passado novo, não havia mendigo no dele, o dono do mendigo apanhava a boina, conferia as moedas no caso de haver moedas e em lugar de moedas tampinhas, pegava-lhe na lapela, levava-o e o mendigo

— O que foi?

a encolher as plumas sobrepostas da roupa, tomavam à esquerda junto ao templo adventista, tentavam um fadinho, recolhiam a boina, sumiam-se nas tipuanas em que um rés do chão abandonado ou um metro de tapume com uma folha de zinco onde ruínas de colchão e trapos, os lençóis em que se deitava no hospital trapos igualmente, as luzes trapos, a dor um trapo num corpo de trapos e as andorinhas do mês que vem trapos que não chegaria a ver, admirou-se de não sentir surpresa nem terror, uma campainha de telefone não para ele que não contava, para uma pessoa útil, um enfermeiro, um médico, em criança escondia-se na adega enquanto o procura-

vam, a cozinheira desceu o balde do poço e nenhum afogado, uma bota
— Pelo menos no fundo não está
e ele a medir o peso da sua ausência até que o restolhar de bichos atrás de uma pipa o fazia subir com medo, a avó mirava-o como ao padrinho Apolinário no espelho, uma sombra de chapéu e um cartuchinho de maçãs para a viagem dado que os mortos se alimentam, a estudar os tapetes numa desilusão sem fim
— Como isto envelheceu
e não te cales, continua a falar, enquanto não adormeceres consegues e tudo tão parado meu Deus, nem o rabo do gato se escutava, a avó
— És tu?
receosa de ficar sozinha a contar os doentes do volfrâmio no largo
— Faltam dois hoje
a percorrer-nos à mesa
— Estamos todos
a pesar-se na farmácia
— Não me tornei diabética pois não?
a largar a compota para examinar o avô
— Continua com boas cores felizmente
passeando-se nos quartos a certificar-se que a gente na cama e a chegar-nos a orelha à boca a ver se respirávamos, nos vasos das lamparinas dos santos não era a chama que se movia, eram as paredes e o tecto, no fim do azeite o mundo a aguçar--se e a extinguir-se cheirando a pavio, a esposa do padrinho Apolinário
— Não herdas um tostão
como se fosse rica, uma reformazita, uns trastes, a caneca de asa colada e ela orgulhosa da caneca
— É francesa
morava não à beira da serra, numa aldeia onde se cuidava sentir o mar quando as faias criavam o vento da mesma forma que são as árvores que modelam os pássaros, constroem--nos pena a pena no miolo das folhas, soltam-nos engordando

de esforço e emagrecem de novo, se expulsassem os pássaros à uma só o tronco ficava, o pingo no sapato
— O que pensará ele?
que se limitava a receber os pássaros alheios e a inventar os seus, a dor não o incomodava, fazia parte da vida como a desafinação dos pulmões, nas vésperas de o operarem a tranquilidade dos objectos escolhidos por si e que deviam estar agradecidos por morarem com ele ofendeu-o, o pingo no sapato
— Vamos ver o que encontramos
e o que o pingo no sapato ia encontrar alarmava-o, pegou no telefone e largou o telefone, foi beber água à cozinha e a torneira molhou-o, sapatos de criança no andar de cima, um ruído de queda e o vizinho que abria os envelopes com a chave, lia o correio na entrada e se indignava com as facturas a ralhar à criança, como será ter um filho, percebeu uma corrente de ar sem lhe entender a origem dado que fechara as janelas para ficar sozinho a medir-se mas a medir-se como se nem se tocava, palpava-se com os olhos apenas, recordou-se do avô, recordou-se da avó e que esquisito não se recordar do pai, onde se meteu você que o não acho, o tio sim a arrastar a mala a caminho da estação e da locomotiva antiga em que brincava com o gordo dos catorze rios que tinha de ajudar a subir, o palpite que o tio agachado por ali até de madrugada e antes da manhã, quando o granito começasse a viver através dos cães e dos galos que se desprendiam da pedra, o tio a regressar não a casa, ao poço e a apoiar-se à roldana, o gordo no banco do maquinista
— Onde vamos agora?
e ele que não conhecia um rio para exemplo
— Ver o Mondego
conhecia um fio de água e um salgueiro torcido, o tio largou a roldana e nem um pio ou esses pios de pios que acompanham o nada, nenhum postal chego quinta-feira saudades e centenas de quintas-feiras desde então, o carteiro
— Não mandou o postal esqueceu-se
ao entrar na enfermaria entregou a carteira, o dinheiro e o relógio, deram-lhe uma espécie de bata e uma espécie de

chinelos e apontaram-lhe a cama em que se estendeu como se estendia na sua a imaginar-se morto, erguia-se passados minutos contente de ressuscitar, o médico visitou-o à tarde
— Temos um encontrozito amanhã
e tiveram um encontrozito amanhã numa sala iluminada verticalmente como os ringues de boxe e ele indefeso na sua nudez, a avó para o carteiro
— Não me está a esconder coisas você?
as prendas de Natal do tio a demorarem meses
— Ele é capaz de vir
na base da lareira, o gordo não queria o Mondego, queria galgar a serra a perseguir os lobos, a anestesista invisível no excesso de brancura
— Feche o punho com força
e fechou o punho intimidado a pensar
— Socorro
a mãe acabava por meter as prendas do tio no topo do armário em que se acinzentavam de pó, uma camisola, uma caneta, um porta-moedas que se fechava num estalinho e ela a abrir e a fechar o porta-moedas encantada com o estalinho, há prazeres que não valem um tostão e nos alegram tanto, tirar as cápsulas das garrafas de cerveja ou raspar a estearina dos castiçais com a unha, o gordo transigia
— Está bem o Mondego
e passavam horas a assistir aos comboios e ao senhor Liberto a ir-se embora de bandeira no braço, a esposa sachava couves nas traseiras do urinol e as galinhas com ela, a anestesista
— Não lhe encontro uma veia decente
na esperança de milho, um sábado por mês o dentista armava a tenda no largo e entre parênteses nunca esqueceu o barulho da chuva na lona, a anestesista escolhia um risco azul e picava, picava, a mãe julgando-se sem testemunhas trazia o escadote das limpezas, trepava quatro degraus até ao alto do armário e escutava-se o porta-moedas em qualquer sítio da casa, ao notar-me espalhou em sobressalto a aliança no peito
— Assustaste-me

de coração a regressar trabalhando desculpas
— Tinha medo que se enferrujasse
enquanto a agulha o procurava sob a pele e o barulho da chuva na tenda onde o queixo dos camponeses ia acompanhando o molar a desejarem-no de volta e no entanto se matam um colega por causa das regas ficam ali à espera do jipe da Guarda, apesar disso apanhei o Virgílio a chorar abraçado ao burro que partiu uma pata mas no falecimento da filha a cara dele impassível, ajudou o coveiro a sepultá-la tirando-lhe a pá e nesse serão ganhou a todos no dominó do café, também se lembrava do homem
— Alcancei a veia e perdi-a
a quem o tractor esmagou a perna inteira, o nariz diminuiu um bocadinho e embora diminuído as sobrancelhas a meterem-se nele, o farmacêutico
— Vais gastar menos calças
e fique já tolhido se o da perna não sorriu da gracinha, tornou passados meses com um par de muletas e acomodou-se num degrau a assistir ao pôr do sol ou melhor a fazê-lo porque começava nele, as feições escureciam e a tarde imitava-o, os primeiros morcegos era dos seus bolsos que vinham, a anestesista
— Até que enfim
e ele a crescer na seringa não vermelho como pensava, castanho, o porta-moedas estalou num quarto próximo de modo que se calhar não saíra de casa, dentro em pouco a avó pratos de compota e bolachas
— São servidos não são?
e a empregada a borrifar blusas no alguidar junto à tábua, o pingo no sapato instalou-se ao seu lado ou era o pai num
— Sabes?
baixinho, quis contar-lhe da estrangeira loira na piscina onde os pinheiros se deitavam à tona da água mas uma criatura de máscara de pano ordenou
— Não fale
e o pai a coçar a bochecha sob a campainha dos grilos, a sua casa agora uma palmeira anã na marquise, consertaram o cano do lavatório e substituíram os quadros à medida que

ele se afastava de si mesmo recuando num túnel confuso, o gordo dos rios
— O Mondego onde pára?
a filha de óculos que não casaria nunca auxiliava na loja, o filho já solene a estudar para padre, havia de herdar a governanta do senhor vigário, deu fé do avô com o jornal na varanda e perdeu-o, não possuía fosse o que fosse salvo ausências e a dor que atravessou o corpo numa cintilação instantânea recordando-lhe o que queria esquecer, o hospital, os médicos, o indicador no pulso calculando o tamanho da vida, o padrinho Apolinário a designá-lo à avó
— De certeza que é um parente teu?
e ele com ganas de mostrar envelopes de retratos, num deles a escola inteira e eu o oitavo da segunda fila a contar da direita, reconhecia-se pelo bibe com os botões trocados, mesmo hoje se não começava pelo colarinho e ia descendo com cautela continuava a enganar-se, sobrava um botão ou sobrava uma casa, o enteado do farmacêutico a meio da turma e o padrinho Apolinário interessado no anão
— São como a gente a sério?
pilhas de fotografias senhor, de raqueta a fazer que jogava ou sentado no banco de rédeas no ar enquanto o animal comia da alcofa espanejando moscas que se não viam na película com a preguiça da cauda, o casamento que não mencionou, coube-lhe o andar por razões de partilhas, ao meter a chave farejava vestígios que deixaram de existir e pensar que, desejar que, passar a mão na outra cova da cama, estava muito descansado no escritório e um rumor ao fundo a lembrar-lhe a tarde em que, deixa-te disso, adiante, a verdade contudo e deixa-te disso também, o pingo no sapato ao preencher-lhe a ficha a seguir à identificação e à idade
— Estado civil?
e ele uma pausa difícil, estado civil que termo, o anão chamava-se Afonso, o padrinho Apolinário
— Afonso?
surpreendido que um nome, a pronunciar
— Afonso

no tom lento dos sonhos e ele desejoso de defender o anão, tinha de chamar-se alguma coisa, qual o problema de Afonso, a caneta do pingo no sapato imóvel sobre a ficha enervava-o, respondeu

— Divorciado

numa espécie de vómito em que se acumulavam incompreensões, dias felizes, rancores, a ideia que divorciado não bastava mas para quê explicar-se, engoliu o que lhe sabia a zanga e a soluço e por instantes qual a importância da doença, as perninhas do Afonso a baloiçarem o corpo, a mulher não telefonava e não vinha, garantiram-lhe que tornou a casar e o pingo no sapato em voz alta à medida que escrevia

— Divorciado

nessa noite não acendeu a luz com receio de dar por ela no sofá, ouviu a anestesista

— Está pronto

e pronto para quê, não se sentia pronto para o que quer que fosse, a mulher faltava-lhe e não se referia a isso por todo o dinheiro do mundo, chamou não com a voz, num soluço comprido

— Maria Otília

a alma incapaz de encontrar o seu nicho e acalmar-se, não escutava as perguntas do pingo no sapato mas o soluço comprido respondia sozinho, éramos dois percebe, éramos dois, o enfermeiro

— A temperatura subiu

e evidentemente que subiu, talvez estivesse pronto de facto e o círculo fechado, não gostava de chamar-se Maria Otília, sempre que

— Maria Otília

uma prega na testa, saudades da raiz do Mondego, deixava-se o automóvel, devo estar pronto sim, num desvio da estrada e galgavam o mato orientados pela fervura das rãs, tanto sofrimento nos penedos para meia dúzia de gotas, quando o anão desapareceu o farmacêutico a esmagar plantas no tacho numa energia feroz

— Foi estudar para a cidade

e se consentisses que eu Maria Otília e não consentes desculpa, o enfermeiro para o pingo no sapato

— Dá a impressão que tem dores

como se fossem as dores que o inquietavam e não eram, era a tua ausência Maria Otília, depois do jantar ficava a ver-te arrumar a loiça e os talheres na máquina para que uma paz, desiste, o pingo no sapato

— Não vale a pena perguntar não responde ao que lhe dizem

e como responder ocupado a conduzir a locomotiva meio tombada ao encontro da serra, o dono do hotel dos ingleses surgiu no alto da varanda e acenou, teve pena de não se despedir do Virgílio na vereda de amoras, a cama deslocou-se no sentido do corredor do hospital e pareceu-lhe notar o tio a abandonar a camioneta, não a subir do poço, o que fez em Espanha senhor que o envelheceu tanto, também haverá lá uma vila, uma igreja e a governanta do senhor vigário a oferecer uvas à gente

— Não precisam de lavá-las que não têm sulfato

apanhando com o gancho duas melenas soltas, o senhor Liberto a estranhar

— Que comboio é aquele?

a que não dera ordem de partir sacudindo a bandeira, Maria Otília, não Otília apenas, com o Maria a aumentar o Otília, quando a conheceu

— Trate-me como lhe convier o que interessa o meu nome?

sem o encontrar no caderno dos horários e nem sequer comboio, bielas desmaiadas, o tio a mesma mala e o mesmo casaco, informou-o

— Tem as prendas dos Natais todos em cima do armário

mas o tio nem olhava, olhava o dentista a montar a tenda e a revoada das gralhas, ao empurrar a porta a avó

— Como te livraste do espelho?

pesquisando limos nos sapatos e provavelmente as primeiras andorinhas apesar da chuva de março, a dona Lucrécia ao passar-lhe na rua

— Andaste fora tu?

e ele contente na locomotiva porque tudo certo de novo, o largo, o cemitério, o pomar, os pratos da semana no lava-loiças sem que os arrumasse na máquina, arrumá-los-ia no sábado quando tiver tempo, se tiver tempo e não hei-de ter tempo, o pingo no sapato

— Não parece com dores

e nem uma dor juro, sentia-se bem, talvez um nome sem importância, Maria Otília, roupa dela no guarda-fato mas não mexia na roupa, desinteressara-se do passado, o gordo dos catorze rios

— Na época em que a gente éramos novos

com uma pálpebra a tremer, não o queixo, a filha dos óculos

— Não dê trabalho às artérias

não se enganara quanto à janela do hospital, andorinhas, a dona Irene

— Há séculos que não pego na harpa

e ainda que não pegue na harpa nós a escutarmos ao serão, sob as copas que não emudecem nunca, uma chuva de notas.

1 de abril de 2007

Quem era aquele que o fitava não debruçado para a cama, direito sob as luzes que acrescentavam às mãos a sombra das mãos tornando-as enormes e à cara uma severidade que ele não entendia, nenhum enfermeiro, nenhum médico, nenhuma visita no quarto senão o sujeito olhando-o, nenhum episódio antigo que o distraísse de si, a locomotiva, o gordo, o que desejou e não teve, o que esperava e não veio, o que quis e perdeu, a Maria Otília à janela ou seja no outro extremo do mundo sem se ocupar dele e a esperança das andorinhas não apenas na cabeça, na boca porque a palavra as tornava reais de modo que ele quase satisfeito, ele satisfeito, nunca encontrou uma andorinha defunta, duravam para sempre e talvez fosse isso que aquele que o fitava parecia censurar-lhe, não durar para sempre, a avó alinhava os boiões de compota num ângulo da memória, escutava o pai no hotel dos ingleses e o tio
— Não sou homem
no mesmo esforço com que o granito pingava, uma fresta na cara onde se pensava que uma cobra ou um insecto e em lugar da cobra ou do insecto a humidade que levava tempo a exprimir-se, porventura era o tio, não o pai, quem cochichava
— Sabes?
dado que confundia tudo e se enganava nas pessoas, a convicção que se regressasse à vila não a reconhecia, a cadeira da dona Lucrécia sumida, o prédio dos Correios trocado, o senhor Liberto ausente e portanto os comboios em sentidos impossíveis rompendo canaviais e hortas, quem o tratava por
— Antoninho

a forçar maçanetas que não havia sem aceitar que não houvessem, devolvam-me o que me pertence e me ajuda a continuar dando nexo à dor, se vos perco tudo isto uma farsa, oxigénio, tubos, a algália onde o corpo deita os seus restos e aquele que o fitava calado, perguntou se o mar acima ou abaixo das nuvens e que lhe importava o mar e qual a utilidade das ondas, em miúdo concentrava-se numa ao acaso a crescer devagar

— Sou eu

e tantas ondas depois, o medo de ser esquecido obrigou-o a correr para a mãe à conversa com a vizinha de toldo

— Espera um minuto que já te atendo garoto

e como podia atendê-lo se ele nada, não torna a ver-
-me sabia, o seu filho uma onda antiga ou um berço de ferros torcidos na cave, declarar ao que o fitava

— Acabou-se

que ilusão as andorinhas e nem manhã nem tarde, digam-me se o mar acima ou abaixo das nuvens e não torno a aborrecer-vos prometo, julgo que acima das nuvens porque não dava por ele, o que escreviam o fígado ou o coração que os não sentia, lembravam-se da Maria Otília a desprender-se ao tentar abraçá-la

— Meu Deus

quando Deus se não se ocupava das pessoas, limitou-
-se a criá-las

— Fiquem para aí se vos apetece

a minha onda há-de voltar depois de imensos anos e eu uma espumazinha nela, desconfiou que aquele que o fitava ele mesmo, quantas ocasiões de nariz nos caixilhos esperou o saco das compras da Maria Otília na esquina, o afinador chegava na camioneta da carreira para consertar a harpa da dona Irene e horas num só acorde a aparafusar com o alicatezito melancolias erradas até que a vida no timbre que lhe pertencia e o tio emocionado

— É exactamente o que eu sinto

nunca a Maria Otília com o saco na esquina, a esposa do comandante, a senhora de boininha que tomava conta de uma prima

— Pior não está felizmente

os dedos do afinador não roçavam na harpa e todavia sons, o que desejamos transmitir não necessita da gente a fim de pronunciar o seu nome idêntico ao nosso nome secreto, conservado desde a infância a proteger-nos do escuro e das mensagens terríveis em que os louceiros se exprimem e só nos conhecemos, ocultou-o da Maria Otília também, não o pronunciava em voz alta e aquele que o fitava sabia-o, onde aprendeu o meu nome você, não

— Antoninho

não

— Antunes

o seu nome de facto, segredou-o ao castanheiro juntando a boca ao tronco, ao cortarem a árvore teve medo que se libertasse da casca e graças a Deus o castanheiro calado, se calhar a terra bebeu-o e ele entre rochedos e esqueletos de cães murmurando uma sílaba que se não distinguia dos discursos do vento, o afinador tomava a camioneta da carreira sob um frenesim de notas e ele com pena do homem porque gestos de viúvo que se esquece das coisas, o tubo de graxa sem rolha, só metade da cama desfeita e na outra metade um vazio a que se habituara como ao avental no gancho, se o interrogassem

— Este avental da sua esposa defunta?

respondia sem olhar

— Não sei

e o que ganhava em olhar, qual o motivo daquele que o fitava não esclarecer se o mar acima ou abaixo das nuvens, se o afinador lhe regulasse a doença em lugar do médico que nem alicate tinha a justificar-se às visitas

— Pouca coisa podemos

os rins, o coração e o fígado escrevendo no ecrã discursos certos, pausados, a cozinheira

— Antoninho

e embora os lábios se movessem a bomba da água cobria-os, eis o metal a lamentar-se por carregar limos sujos e placazinhas de lama, se o mar abaixo das nuvens as ondas,

vindas do chão, água cinzenta igualmente, quis lembrar-se da praia mas só conseguiu o afogado coberto com um lençol a que não foi capaz de levantar a ponta e um sujeito de farda
— Circulem
se levantassem a ponta
— É o Antoninho aí?
o afinador na camioneta sob os ulmeiros do largo a assoar-se num harpejozito discreto e derivado ao harpejo a vila inteira viúva, dúzias de aventais em pregos, uma orfandade nas coisas, a dona Irene a pensar nele
— Senhor Moreira
sem dar fé que pensava e ao dar fé a descer as mangas e a apertar o colarinho
— Estou louca?
quando chovia como no quarto do hospital a empregada de serapilheira nos ombros trotando a proteger os narcisos, aquele que o fitava
— É verdade
consolado por recuperar memórias, devia ter conseguido o que a mãe desejava e não foi capaz de oferecer-lhe, mais rios que o gordo, um emprego não em Lisboa onde os seus vestidos e o seu penteado a faziam sentir-se uma velha de xaile roendo a sua batata numa cova, o enfermeiro esmagou o comprimido na colher para que lograsse engoli-lo e a mãe
— Não pareço uma pobre?
sem a presença da serra a justificar o mundo, que é das gralhas que as não vejo, que é do terreiro da feira, o enfermeiro a limpar-lhe o pescoço
— Os meninos bonitos não cospem o remédio
o chofer ligava o motor e eram os ulmeiros que partiam, a camioneta e o afinador ali dado que a viuvez não se alterava, o que dura a melancolia senhores, a mãe a experimentar um anel
— Fico ainda mais pobre assim
e a aliança da Maria Otília na bandeja da arca juntamente com um brinco desemparelhado a que faltava a pérola, podia reconstruí-la a partir desse brinco se a doença consentis-

se, a camioneta e o afinador para sempre no largo sem ulmeiros nem pombos, os meninos bonitos não cospem o remédio, obedecem, acompanhou a mãe ao comboio onde gente encaixava fardos e grades de perus entre os bancos, provavelmente dezembro, nasceu o Salvador aleluia, melhor loiça na mesa, melhor vinho, nunca recebeu uma prenda de que gostasse ele que desejava um palhaço com uma argola na barriga, puxando a argola gargalhadas ao mesmo tempo estridentes e murchas que até hoje me arranham, a mãe a assistir a um par de coelhos numa gaiola de vime e nas pupilas dos coelhos uma ternura de lago, sou um menino bonito que não cospe o remédio embora o enfermeiro me enxugue o pescoço

— É mal agradecido este

procurava engolir mas uma cartilagem impedia-o, a mãe conversava com os coelhos que a não faziam sentir-se tão pobre, o pingo no sapato

— Por muito rápidas que sejam estas coisas demoram

e no fundo dele

— Mãe

apercebendo-se da palavra e tentando recolhê-la antes que alguém a visse, a suspeita que uma andorinha rente à janela, fugaz, e no entanto a sombra do pássaro continuava apesar de a chuva a torcer, encostava a escada à parede a fim de partir os ovos e a escada entortava-se, a empregada

— Antoninho

ao mesmo tempo que a dona Irene abandonava a harpa

— Não sai nada de jeito

ela a quem não limpavam o pescoço censurando-lhe o remédio perdido, as gargalhadas do palhaço a que assistiu na loja quando o vendedor esticou de súbito a argola

— Inventam cada uma

voltaram a arranhá-lo à medida que o boneco carambolava na labita amarela, mal a argola chegava à barriga calava-se num ruído de encaixe sem mudar de expressão, havia uma telefonista parecida no emprego a quem a vida oxidava a alma e as feições inalteráveis, o que se passa consigo dona Armanda tão educada sempre, imaginava-a a engomar aos domingos

uma blusa de pintas e férias em casa a somar os malmequeres do papel de parede, chegava a cento e dezoito e percebia que se enganou porque os passos de uma menina no andar de cima a distraíam, não se recordava de ter sido menina, recordava-se de uma senhora
— Tira os sapatos da poltrona
e do centro de mesa com o escudo nacional e a coroa do rei, uma voz que não sonhava a quem pertencia
— Ai Armanda
o enfermeiro examinou-lhe a fralda
— Já não faz nada doutor
o pingo no sapato a estudar a fralda
— Se fizesse é que me espantava
e a dona Armanda à procura da voz sem lhe achar a origem, tantas vozes a nascerem, se as somasse tinha a certeza que cento e dezoito também, o relógio de pulso
— Quase cinco horas que maçada
boquiaberto com os caprichos do tempo, acredito nos ponteiros, não acredito nos ponteiros, tenho quarenta e seis anos e osteoporose e bócio, mandaram-na beber leite para animar os ossos
— Olhe estes espaços na radiografia
e ela sem entender os espaços, entendia manchas claras numa película escura, serei assim sob a pele, o pingo no sapato a prevenir as visitas
— Os órgãos vão faltando
o baço, a medula e um dos rins ausente, o que conservava agora, o pâncreas cuja fidelidade o envaidecia, o coração a que se achava grato, a dor que o acompanhava
— Não te largo
e ele satisfeito pela companhia da dor a confortá-lo
— Continuamos unidos amigo
o que apesar de tudo, perto da extinção, lutava, se o mar abaixo das nuvens descobria-o na janela, não a onda extinta há anos, outras pessoas a crescerem por seu turno na direcção da praia e de que ninguém se lembrava amanhã ou depois, o riso do palhaço cercava-o do seu júbilo agudo, os

passos não trotavam no andar de cima, trotavam no cérebro da dona Armanda, ela
— Calem-se
e arrependida do
— Calem-se
dado que hão-de envelhecer e somar malmequeres ao domingo enganando-se no número, a senhora que ordenava
— Tira os sapatos da poltrona
a juntá-los também
— Por que motivo não morro?
e a dona Armanda com cinco anos incapaz de governar a casa, como se liga o aspirador, se pagam as facturas e se acende o fogão, nos ovos de andorinha criaturas peladas reclamando existir, o pingo no sapato
— Os órgãos vão faltando
e o mar abaixo das nuvens visto que se o mar acima a terra onde estava e com a terra os rios com os quais partia a caminho da foz, uma tarde entregou uma rã à avó e a avó em vez de aplaudir amparou-se à camilha de olhos fechados
— Tira essa porcaria daqui
de forma que ele em busca de um charco onde soltá-la, se soltasse a doença o pingo no sapato
— Afinal recuperou o que sabemos nós da vida?
no hospital tantas noites à noite, a insónia do avô a tropeçar nas escadas, a asma dos pais no segundo quarto à direita onde a cabeceira contra a parede se imobilizava aos poucos, pavor que o roubassem embrulhado num lençol e o entregassem aos lobos, repetia
— Não posso adormecer
e de repente manhã e as paredes pregueadas de sons, a bomba da água, a cozinheira a carregar lenha num cesto, o Virgílio colocando o burro na carroça a dissolver-lhe a má vontade com um pau, conferiu os dedos que nenhum lobo comera, pareceu-lhe que três polegares em vez de dois, conferiu de novo e dois, que descanso, quem garante que os ladrões não acrescentam fingindo tirar, havia alturas em que objectos inesperados nas gavetas, uma pinça de unhas, recibos, quem anda

às escondidas a encher o armário do que não é nosso, quem o assegurava que não puseram a doença nele como puseram a pinça de unhas e os recibos nas gavetas, o enfermeiro
— Horas do remedinho
colaborando com os gatunos ao impedi-lo de pensar, se os órgãos lhe faltassem como se protegia dos outros, a dor mudou de posição roendo-lhe a nuca, o médico para as visitas
— Com a morfina que lhe injectamos é impossível que sofra
e ele indeciso se sofria ou não sofria, aquele que o fitava, direito sob as luzes
— É natural que sofras
e no entanto não localizava o ponto do sofrimento, no corpo todo ou fora do corpo, à volta, havia momentos em que o percebia deslocando-se na coberta ou sentado na mesinha de cabeceira à espera, momentos em que o procurava sem lhe encontrar o rastro porque se afastava no corredor imitando os passos dos enfermeiros, talvez o telefone do gabinete próximo fosse a dor a chamá-lo
— O senhor Antunes está?
dado que nenhuma intimidade entre eles, avaliavam-se, rondavam-se, não se cumprimentavam
— É natural que sofras
e não sofria palavra, os musgos a segregarem o rio esses sim que percebia a dificuldade em trazerem a água, não ele a pensar no afinador à espera no largo e nos perus do comboio que se calhar pára em Espanha ou no poço onde sempre um afogado a mover-se nos limos, jogava-se uma pedra e ninguém, não se jogava pedra alguma e lá estava ele
— Antoninho
o Antoninho no hospital com o fígado e os seus discursos pomposos que começavam a perder palavras
— Os órgãos vão faltando um a um
embora continuasse a compreendê-lo pelo resumo das frases daqui a pouco absurdas, uma sílaba, duas sílabas como os perus, ditadas aos arrancos, que tenho eu, expulsem-me, não me queres cozinhar Maria Otília, um pedaço da espádua

que não necessito dela, a língua que me atrapalha as gengivas, falo com os dentes e não os tenho todos, percebem-se os espaços, o espaço do castanheiro um buraco e nenhuma terra a cobri-lo, alisam-no com a pá e uma semana depois o buraco de volta, porque não plantam outro castanheiro para disfarçar saudades, dúzias de ouriços esmagados entre duas pedras, a empregada

— Olhe as cólicas menino

e eu de barriga inchada a vomitar-me a mim mesmo tentando arrancar as vísceras e com as vísceras o enjoo e as cólicas, a avó

— Não há gaiato que não morra de castanhas verdes

mais perigosas que o remédio das baratas ou o sulfato da vinha com a caveira no rótulo, manter fora do alcance das crianças, pegava no frasco e um liquidozito inofensivo, bebo, não bebo, desenroscou a tampa, aproximou o gargalo, deu com a caveira e os orifícios dos olhos a engolirem-no inteiro e enroscou a tampa aflitíssimo, se os olhos o engolissem o que acontecia depois, a propósito de dentes um sujeito de bata

— Esses caninos vão fora

e o sujeito de bata a entorná-los no balde

— Só nos faltam uns onze

suponho que o afinador continua à espera no largo convencido que viajava de regresso à cidade visto que o chofer instalado ao volante

— Um par de horas de caminho e chegamos

como ele manejando as alavancas do tractor avariado na ilusão de se deslocar espantando as gralhas, a dona Lucrécia que conhecia o mistério das coisas que se mexem imóveis a despedir-se

— Rapaz

ela que não se despedia por se considerar eterna, de uma vez por todas em que ficamos, o mar acima ou abaixo das nuvens, quem se curva para a bomba da água trazendo as ondas consigo, quem regula as enchentes e inventa o silêncio que quase não existe no momento em que a espuma se evapora e descobrimos um calendário que ensina os anos aos peixes

— Sabem o que é uma semana sabem o que é um mês?

e não há semanas nem meses, há camadas sobrepostas de monotonia que o aborreciam no desamparo do inverno, como se lida com janeiro senão traçando cruzinhas nos números na ânsia de esporear as páginas, na madrugada seguinte perguntamos

— Quantos são hoje?

e eternamente a última cruzinha dado que nem uma hora passou, cuidávamos que noite e não existe a noite, que dormimos e permanecemos despertos, a avó o chá da véspera que o farmacêutico receitou para os nervos, o pai um

— Sabes?

pronunciado uma única ocasião e ele a julgar que imensas, a estrangeira loira constantemente a partir, o pingo no sapato

— Se conseguíssemos adivinhar o que lhe vai na cabeça

e não conseguiam claro, nunca viram a estrangeira loira nem o afinador e a dúvida sobre se ele os viu ou os criou apenas, nenhuma visita no quarto que o distraísse de si, o pingo no sapato

— As pessoas hão-de permanecer um mistério

e mistério nenhum, as pessoas idênticas aos besouros e às vacas, os besouros queimam-se na lanterna do alpendre e as vacas tremem uma tarde ou duas, tombam tremendo, desistem das tremuras, enterram-se e só então nos espantamos que tão grandes, moem não erva, paciência, a erva um disfarce, tal como me alimento de paciência hoje, se necessitasse de um braço não tinha, de uma perna não havia mas o pulso continuava a empurrá-lo para diante sem que existisse um adiante, existia a parede a cada momento mais próxima e nada atrás dela salvo a avó

— O que tu emagreceste

em busca de açúcar para uma gemada ou um copito de anis

— Deixaste de comer filho?
estava em casa de novo, alegre de ter deixado o hospital, hei-de engordar descanse, não definho mais, o pingo no sapato a cumprimentá-lo
— Apareça um dia destes
de fita no pulso, acredita em lérias doutor, medalhinhas, ferraduras, trevos de quatro folhas de esmalte, o tio
— Andaste onde menino?
e não foi capaz de responder que doente na enfermaria, o castanheiro ajudou-o num murmúrio de bagas
— Por aí
e por aí realmente com a dor a roê-lo osso a osso e as fraldas intactas, a primeira andorinha sob o telhado da varanda, a segunda na trave do celeiro, a avó
— Assustaste-nos a todos
e ele a observar a chuvinha de março, o enfermeiro com o remédio
— Um esforçozito amigo
basta que o ajudem a levantar-se da almofada, o enfermeiro a limpar-lhe o pescoço
— Mais de metade do remédio perdeu-se
consoante mais de metade do Mondego se perdia nas ervas, a Maria Otília na única tarde em que o acompanhou à serra a alisar-lhe a lapela
— Tão desajeitado tu
e uma rateira, abelhas, lobos agachados a babarem-se, a criança
— Pão pão
enquanto sobre as nuvens o mar, fora da chuva, intacto, com um paquete só chaminé, só fumo e desaparecido o fumo o horizonte, nenhuma das lâmpadas do tecto o afectava, a avó
— Vou apagar a luz dorme
a esticar os lençóis, a compor a coberta, a ir-se embora em bicos de pés como se os chinelos falanges
— Estava exausto coitado

e uma vibração no poço, um arrepio de cortinas, o que podia ser uma maca a deslizar perto dele e mais ninguém senão o afinador emendando uma última cavilha no seu peito, a ensaiar um harpejo e a anunciar à dona Irene
— Está pronto.

2 de abril de 2007

Morreu alguém no hospital, ele ou outro porque mais vozes no corredor, mais passos e a porta fechada num com licença apressado dando-lhe a sensação que ninguém a voltaria a abrir, ficava sozinho sem comprimidos nem visitas, em pequeno a mãe cantava diante da máquina de costura e ele a ver os dedos empurrarem o tecido, motorizadas na orla do pinhal com os filhos dos mineiros que trabalhavam na resina, porquê o sangue das árvores tão lento e não vermelho nem castanho, branco, haverá mais mundos no interior deste e se há quem habita neles que não via, morreu alguém dado que dúzias de criaturas no hospital embora começasse a acreditar que ele sozinho, a senhora de bata amarela que subia o estore de manhã a dirigir-se não adivinhava a que doente

— Ai dona Lurdes dona Lurdes entornou o chá

e as desculpas da dona Lurdes um fio envergonhado, pelo menos a dona Lurdes com ele supunha que sob luzes idênticas e a chuva nos caixilhos para o mesmo futuro de andorinhas ou então uma manobra para o enganarem, uma mulher a fazer de senhora de bata amarela e uma segunda mulher a fazer de dona Lurdes, nem um pingo de chá nem uma ponta de consideração, risinhos que mangavam, se virasse a cabeça distinguia-as a acotovelarem-se

— Que tonto

sem perceberem que não o enganavam, pedir àquele que o fitava para mandar um bilhete ao Virgílio e a carroça à sua espera em baixo, qual a distância de Lisboa à vila, quanto tempo do hospital até casa a largar batatas na estrada, as costas do Virgílio, não a boca, a falarem

— Não se desassossegue que chegamos menino

e a dor no quarto vazio para o médico a distribuir pelos doentes, não se abandonava o hospital com ela, não há dor para todos, no momento da alta revistavam algibeiras
— A dorzinha onde está?
anunciando
— O que gastou da dor vai na conta
se calhar o futuro de andorinhas pago também e o medo de morrer caríssimo, até a chuva lhes devia, o responsável das nuvens a perguntar ao colega
— Quantos litros de chuva para a cama onze?
o colega a procurar no caderno
— Um e meio no mínimo tenho de verificar no higrómetro
ele que dispensava a chuva, o que faria com gotas que não usara e se lhes tocasse nem gotas, uma serosidade em que mal reparava, uma tarde o avô surgiu do jornal e na pálpebra de baixo uma serosidade também, onde a comprou você que não consegue escutar os castanheiros nem os insectos da vinha, é possível que se escute a si mesmo mas que palavras diz, a avó traduzia-lhe o silêncio
— Quer repetir o cozido
e então compreendi como o Mondego uma melancolia custosa a lutar por exprimir-se, chamam àquilo rio e sobre ele vamos na esperança que na direcção do mar quando mar algum, pinheiros, vontade em conhecer a dona Lurdes e perguntar-lhe por educação
— Vai falecer de quê?
com a filha a responder por ela
— Um problema na aorta
os dentes da dona Lurdes todos ao léu, inúteis, o nariz um dente que fungava mordendo o ar ao acaso, morda o ar dona Lurdes, morda-se a si mesma, devore-se enquanto a filha lhe segura o braço deixando a manga ali, apetece-lhe que a ajude a devorar-se conforme faço comigo, já engoli a cartilagem que se move sob a pele ao entregarem-me o remédio
— Um comprimido bonito para um menino bonito

e o menino bonito a aceitar que faz parte dos meninos bonitos aceitarem, não desafiam as ordens, tinha economias para duas ou três andorinhas que os fins do mês não são fáceis, não lhe entreguem um bando, o avô atrás do jornal

— E agora?

e agora vá-se distraindo com os passeios na vinha e continue a alinhar os quadros medindo o espaço entre as molduras e os tampos, riscando uma sinalefa a lápis para acertar melhor, ao enganar-se passava o dedo na língua de modo que em lugar da sinalefa uma nódoa, a avó

— Ao menos entretem-se

e não se entretinha porque os gestos sem alma, em cada um

— E agora?

terminados os quadros fixava-nos com estranheza, porque estão vocês aqui, porque estou eu aqui, se calhar exagero dado que não me lembro bem dele, tenho ideia do lápis, tenho ideia dos quadros, o do naufrágio, o dos cavalos, o do gatinho branco e do gatinho preto a brincarem com um novelo, tenho ideia do avô

— Boa noite

não para nós, para uma pessoa que tratou dele em pequeno, o serenou

— Fico aqui

sem lhe abandonar a cama, o acompanhava até adormecer e se acordasse presente no escuro, a avó

— Juro que uma criatura connosco no quarto

e na verdade uma criatura senhora, sentia-a entre a varanda e o armário e presumia que uma mulher porém que mulher, uma parente, a madrinha ou a ama que ignorava se teve e se teve nem uma fotografia quebrada, não perguntava

— Quem a deixou entrar?

por ser evidente que o avô abria a porta das traseiras quando ela na missa, perguntou ao senhor Liberto se a encontrou na estação e o senhor Liberto um círculo com a bandeira

— Há semanas que não chega ninguém

o farmacêutico arredando espectros

— Não pode ser
o Virgílio ofendido
— Na carroça batatas
ou seja o mundo inteiro a conspirar contra si e todavia uma voz de uma época que não era a sua como na vivenda em que o dono da fábrica se suicidou há oitenta anos e na qual até as velhas tinham medo de entrar, uma casa de varandinhas e painéis de azulejo a que faltavam losangos, os camponeses mudavam de passeio para lhe não pisar a sombra cientes que a morte num desvão à espera, uma corda pendurada de uma sanefa e aguarelas de sujeitos que nem no cemitério borbulhavam, a avó uma menina a espreitar o jardim até que a mãe dela numa agitação de alarme
— Some-te daí
porque quem se aproximou anda coberto de cerdas a quatro patas na serra ou surgia de um buxo para se pregar descalço diante da gente
— Pão pão
o pingo no sapato
— A partir de determinada altura o cérebro divaga
e é exacto, divaga, não sofrem, desinteressam-se, não se preocupam, alheiam-se, confundem o hospital com uma vivenda, projectam partir como se fosse fácil partir, ninguém parte mesmo nós os saudáveis, ganhamos raízes supondo que nos deslocamos e se nos deslocamos tudo se desloca connosco, a minha esposa ou a dívida ao banco que não consegui saldar, o sujeito do balcão
— Mais dois meses e uma penhora doutor veja lá com a tosse do meu pai
— Ai de ti se te sujas
só que no caso do meu pai um desdém lento
— E quer isto ser médico
muitos anos depois, já o pingo no sapato dirigia a enfermaria, na altura em que a próstata do pai começou a multiplicar-se e o pingo no sapato tentou ajudá-lo o desdém de regresso
— Que entendes tu de doenças?

não o pai enfraquecido, o pai de dantes, recordava-se dele a acertar os pêlos do nariz com uma tesourinha que limpava nas calças, estendia as orelhas à mãe
— Corta-me tudo o que sair daí
a mãe enfiada até aos ombros em dois buracos negros
— Se te mexes magoo-te
o pai mesmo na gaveta do cemitério, com meia dúzia de cravos num vasinho de ferro, não cessava de persegui-lo
— Aposto que matas os desgraçados que te caem nas unhas
e portanto ele um desgraçado que caiu nas unhas do pingo no sapato, uma dor que não esperava na anca, uma espécie de vertigem, uma espécie de enjoo, o enfermeiro, não o do costume, um mulato, a exibir a fralda
— Sangue
e as andorinhas sem virem, março talvez, não abril quando a avó anunciava
— As andorinhas chegaram
e a hera da casa se cobria de moscardos, porquê tanta excitação com as andorinhas avó, armam ninhos de porcaria, pingam flocos nos degraus, estragam tudo, mal o pingo no sapato
— Muco e sangue
o pai da gaveta, feroz
— O que pescas tu disso?
se pudesse não se ralar, ordenar-lhe
— Deixe-me em paz senhor
desejando que os pêlos das orelhas não cessassem de crescer enquanto a mãe noutra gaveta sem tesoura alguma, a dor na anca prolongou-se ao joelho, relampejou na tíbia, deteve-se, que chatice andorinhas, acordar com asas a baterem e ele num sobressalto
— O dono da fábrica chamou-me
a caminhar para a corda arrastando uma cadeira, a subir para a cadeira, a ajustar o nó, a empurrar a cadeira e nenhuma doença, nenhum pingo no sapato
— A partir de certa altura divagam

acabaram-se a avó, a mãe e a estrangeira loira do hotel dos ingleses, fica uma bola de ténis a pular sobre a cerca, não pisem a sombra da vivenda que troto no corredor coberto de cerdas ou surjo de uma esquina
— Pão pão
com garras compridíssimas e uma garupa de lobo, a avó ao desencantar-me de gatas na sala
— Que figuras são essas?
e não são figuras, sou eu, estrangulo gente, afaste-se, o pingo no sapato vencido pelo pai a pensar na gaveta onde uma caixa pequena, a mãe sentada à máquina de costura a cantar e ao ouvi-la a dor amortecida e o coração tranquilo, o pai do pingo no sapato atrás da sua meia dúzia de flores
— Já tomas banho ao menos?
o dono da fábrica de botas de verniz cansadas de baloiçarem a meio metro do chão
— Nasceste séculos depois de mim
curioso de verificar o que a espécie humana evoluiu e não evoluiu nem isto, a esposa às voltas com o corpete esmagando gorduras
— Ai Mateus
e o senhor Mateus a entender a vida e a não gostar do que entendia
— Não suporto esta miséria
tomava a contabilista de assalto e abandonava-a a compor-se, o filho na Marinha Mercante trazendo arcas de cânfora que é o que se planta nas ondas como na vila eucaliptos, a filha casada com um agrónomo a enumerar as colheres do faqueiro ciosa da herança
— Faltam duas mamã
e não faltavam duas, faltavam cinco, quem mexeu nos estojos, morreu alguém no hospital, ele ou outro porque mais vozes no corredor, mais passos e a porta fechada num com licença apressado dando-lhe a sensação que ninguém a voltaria a abrir, ficava sozinho sem comprimidos nem visitas, uma ocasião durante o jantar perguntou ao tio
— Não é homem você?

a avó a torturar o guardanapo e a mãe a beliscá-lo com força sob a toalha, o senhor Mateus achou a corda na última arca de cânfora que o filho trouxe, chineses de saia a conduzirem búfalos marrecos, ao entaiparem a mina os ingleses levaram sumiço e o hotel principiou a decompor-se de cima para baixo, chaminés que amoleciam e o depenar do telhado, o pingo no sapato pensou em mudar as flores da gaveta substituindo-as por rosas amarelas mas teve medo que a caixa
— Rosas amarelas o parvo
e por conseguinte rosas amarelas não, violetas, a avó a designar o jornal
— O teu avô não parece esquisito?
e não parecia esquisito, apenas não falava com eles salvo o
— Boa noite
destinado a uma parente, a madrinha, a ama que a avó ignorava se teve e se teve nem uma fotografia quebrada, acompanhava-o até adormecer, não lhe abandonava a cama e se acordasse presente no escuro, a avó
— Juro que uma criatura connosco no quarto
e na verdade uma criatura senhora, presumia que mulher dado que de tempos a tempos o avô
— Adelina
abria a porta das traseiras quando a avó na missa, o pai do pingo no sapato com dúzias de próstatas e a memória a escapar-se para regiões privadas onde uma senhora de idade abria um livro de imagens com palavras por baixo, Árvore, Égua, Igreja, Ovo, Urso
— Que mal tem divagar nunca divagas tu?
no interior da gaveta a reaprender as vogais, o senhor Liberto na estação
— Há semanas que não chega ninguém
de horário dos comboios dissolvido na parede e o rápido da uma sem se deter, deserto, estamos todos aqui menos o seu neto no hospital em Lisboa sob três lâmpadas fixas à espera que nos ecrãs uma linha contínua, o enfermeiro hesitava em retirar-lhe os tubos, o capelão com uma gota de óleo

— Não vamos a tempo mas não o prejudica

há semanas que não chega ninguém de modo que somente velhas de xaile, uma ou outra galinha deslocando-se no largo por intermédio da alavanca do pescoço e a carroça do Virgílio na vereda de amoras, o pai do pingo no sapato, a abandonar as vogais

— Sabes ler ao menos?

e o cheiro da vereda a acalmá-lo, tinha seis, sete anos, via as gralhas na horta a cocarem-no de banda e as suas falas de gente antipatizando com ele, antipatizavam com o universo inteiro excepto o sacristão que lhes deixava côdeas na esperança de as juntar ao arroz do almoço, tentou descobrir se plantavam o ninho num ulmeiro, no chão ou nas moitas da serra entre cabanas tombadas, alcançou as mimosas onde começam as rochas e deteve-se a medo, o pingo no sapato a olhar em redor a fim de perceber se os enfermeiros ouviram

— Acho que sei senhor

sem que a fita no pulso o protegesse do pai e indignando-se com a fita, se tivesse um canivete à mão cortava-a, carregava no pedal do balde e botava lá dentro aquela guita inútil, o dono da fábrica subiu os degraus da cave com as botas de verniz, a esquerda a ranger e a direita muda, o que se passa com a bota, ao atravessar a cozinha a nuca da cozinheira comoveu-o pelo seu cheiro de arbustos e o dono da fábrica a lutar com o cheiro e a escrever despedidas na saleta onde outra arca de cânfora lhe reforçou a decisão, quantos chineses de saia, quantos búfalos corcundas nos arrozais da tampa, a caligrafia tão difícil quanto a do coração no ecrã, entreviu a esposa a lutar com o espartilho triturando as costelas e a nuca da cozinheira regressou por segundos embora cheiro nenhum, no primeiro andar o compartimento de sanefas roxas em que recebiam o bispo e o dono da fábrica não a examinar as cortinas, a examinar-se a si mesmo

— Não suporto esta miséria

enquanto a filha rondava as pratas com a minúcia do olhinho, cada bandeja, cada açucareiro, cada candelabro e o marido a apontar as porcelanas na agenda

— Os cinzeiros de Limoges estão certos?

o dono da fábrica

— Ai Mateus

e o

— Ai Mateus

decidiu-o, avaliou a resistência da sanefa sem gritar dado que no hospital não se grita, atenta-se no corpo a calcular infortúnios, a mãe cantava diante da máquina de costura e ele a acompanhá-la na enfermaria, recordava uns versos, não recordava outros, quando não recordava ia trauteando de boca fechada, por exemplo Quem quer ver a barca bela sabia mas a mãe quase nunca a barca bela, Quem quer ver a barca bela que se vai deitar ao mar Nossa Senhora vai nela os anjos vão a remar, versos piedosos que agradavam à avó, lembra-se da barca bela senhora?

— Já não tenho idade para isso pequeno

e que idade teria, sentia a mudança das estações na água dos ossos

— Chegou o outono porque se me prendeu a perna

e um chinelo a arrastar-se, o avô

— Adelina

e ela

— Adelina?

a introduzir os dedos no baú da memória e Adelina alguma, túlipas de gaze, uma lanterninha sem pilhas, o senhor Castelo que lhe tirava moedas do nariz

— Não sonhava que eras tão rica

aproximava-lhe a mão da cara e ao abri-la um punhado de trocos, experimentava sozinha e nem um centavo para amostra, o senhor Castelo oferecia-lhe uma das mais pequenas e sepultava as restantes no bolso

— Não quero que enriqueças demais

não lhas entregava, roubava-a, pensava que as moedas faziam comichão ao saírem e engano, tão fácil, se fosse capaz de tirar dinheiro de si mesma comprava um cisne de cobre na feira, de pescoço parecido com os anzóis dos cabides e uma verruga na base do bico, o avô já doente não para ela, para uma mulher invisível

— Não me deixes

numa voz idêntica à da barca bela mas sem amarrotar as palavras, o farmacêutico

— Adelina?

e na cara do avô o que talvez fosse um sorriso, o enfermeiro no hospital

— Dá ares de bem disposto o malandro

depois do avô morrer uma marca de corpo num ângulo da colcha a intrigar a avó e o senhor Liberto de bandeira enrolada entre o peito e o braço

— Nunca mais houve passageiros senhora

dado que ou não havia comboios ou não paravam ali, nuvens de vapor sem carruagens e um silvo desprovido de origem que arrepiava os pinheiros, a camioneta continuava no largo com o afinador supondo que avançava ao comprido da estrada, o pingo no sapato incapaz de decidir entre as violetas e as rosas temendo a ira do pai

— Que mariquice flores

ultrajado com o perfume, existirão mais mundos no interior do nosso e se existem quem habita neles, há alturas em que se adivinham presenças, o jarro à noite a verter água, desce-se à cozinha e o caneco vazio, sinais que as mãos deixam ao pegarem nas coisas, haverá mais gente no hospital ou ele o único e a dona Lurdes uma comédia, como caiu na asneira de consentir que o operassem, o pai do pingo no sapato

— Acreditou no meu filho?

viciaram as análises, introduziram-lhe a aflição nos pingos de soro e as nódoas na radiografia o que provam, não faltam nódoas nas películas, as dores não lhe pertenciam, obrigavam-no a comprá-las, o funcionário do hospital

— Quantas lhe vendemos esta semana?

a retirar andorinhas das embalagens de cartão e a reduzir-lhes a capacidade de voar, livrem-me do problema na coluna que não é meu tão pouco, impingiram-mo por um tostão furado ao contrário da primavera que é cara, o enfermeiro a apertá-lo contra a almofada

— Não me obrigue a magoar amigo

pareceu-lhe que um tordo e não tordo, uma pétala colada aos caixilhos, o dono da fábrica amarrou a corda à sanefa, um primeiro nó, um segundo, sacudiu-a, dobrou-a, pendurou-se nela e resistia, construiu um laço e certificou-se que deslizava, introduziu o pescoço

— Ai Mateus

e perfeito, o funcionário para o colega

— Em princípio meia dúzia de andorinhas bastam

e morreu alguém no hospital, ele ou outro porque mais vozes no corredor, mais passos e a porta fechada num com licença apressado dando-lhe a sensação que ninguém a voltaria a abrir, ficava sozinho sem comprimidos nem visitas, o dono da fábrica com a nuca da cozinheira na lembrança e o corpete horrível da esposa

— Não suporto esta miséria

como ele na enfermaria porque tudo se revoltava agora, os pulmões, o esófago, qualquer coisa a latir na barriga, a avó em menina a espreitar o jardim até que a mãe dela numa agitação de alarme

— Foge daí

porque quem se aproximou anda coberto de cerdas a quatro patas na serra ou surgia de um buxo para se pregar descalço diante da gente

— Pão pão

numa monotonia sem fim, o pingo no sapato para visitas que não enxergava, enxergava o avô

— Adelina

o pingo no sapato

— A partir de determinada altura o cérebro divaga

e de cérebro a divagar o dono da fábrica ajustou o laço, ouviu

— Ai dona Lurdes dona Lurdes entornou o chá

e um riso de escárnio que emudeceu de repente substituído pelo ramalhar dos freixos.

3 de abril de 2007

Ainda que não acredites, e é evidente que não acreditas, não nos vemos há anos, sou o que deixava a toalha oblíqua no toalheiro e tu endireitavas irritada comigo
— Nem isto sabes fazer?
jurava dobrá-la e esquecia-me conforme jurava fechar as torneiras e um pingo sobressaltando o mundo e não largar as revistas no chão em vez de as alinhar na mesinha porque ao alinhá-las na mesinha me parecia viver num consultório e neste momento lembrei-me dos comboios e sorri, haja alguma coisa na vida que me faça sorrir, às vezes ao olhar o passado sorrimos como se o passado feliz, tu
— Estás a rir de quê?
e eu divertido a olhar para mim nesse tempo, não apenas os comboios, os sábados de feira, a carrinha do vendedor de botas e eu encantado diante das botas, a minha mãe a puxar-me
— As tuas aguentam um ano no mínimo
a comprar na tenda de roupa um vestido para ela quando o que trazia aguentava um ano no mínimo, ainda que não acredites passei esta noite contigo Maria Otília, a minha mãe colocava o vestido à sua frente no espelho, com manchas e insectos esmagados sem contar as alterações do vidro que lhe ondulavam o corpo, a medir a largura dos ombros contra os seus ombros, a calcular a bainha e a erguer uma das pernas fazendo-me pensar que o vestido aguentava um ano mas os sapatos não, devia entregá-los à cozinheira em cujos pés permaneceriam séculos visto que os sapatos nos pobres, mesmo desfeitos, eternos, passam de sapatos a chinelos, de chinelos a tiras e de tiras a ruínas, ainda que não acredites passei esta

noite contigo Maria Otília e lá estou eu a sorrir aos comboios, eu no centro da cama onde os enfermeiros me puseram à espera que me toques e tu na pontinha do colchão esperando que eu não te toque e não toquei a fim de não ser expulso por um cotovelo maçado

 — Não se pode dormir?

à medida que o vendedor de roupa gabava a qualidade da chita, cada pingo da torneira um estrondo e os teus dedos a derrubarem o despertador no caminho para acender a luz

 — Não aprendes?

o crucifixo que me inibia, as minhas calças a deslizarem da cadeira e a tua blusa certinha, passos no corredor, a voz que os azulejos ampliavam

 — Qualquer dia este mata-me

passos de volta, a cama a abanar

 — Francamente

o crucifixo e a blusa sumidos, um vendaval de lençóis por cima da cabeça

 — Meu Deus

um silêncio de mau agoiro onde ferviam impaciências e contudo esta noite ainda que não acredites quase te senti o cheiro, não do perfume, da pele, misturado com a acidez de urina do meu, duas ou três falanges contraíam-se ou imaginava que se contraíam, agora que as experimento sei que imaginava que se contraíam, dava fé da tua garganta quando o sono mudava de velocidade substituindo um sonho por outro da mesma maneira que o motor do frigorífico mudava de velocidade ao galgar um beco interior, nas botas da feira um relento de vitelo vivo, nas minhas o do missal da minha avó e nos sonhos da Maria Otília um

 — Não aguento

perpétuo sem lugar para mim e o enfermeiro não te viu ao dar-me o remédio, a minha mãe mostrava ao sujeito da tenda uma nódoa no vestido

 — O que é isto?

e escutou de imediato

 — Não é nada

enquanto uma escova humedecida na língua de um gargalo esfregava e esfregava, olha a minha avó nas bancadas dos ourives e eu satisfeito por o passado continuar a existir salvando-me da ravina à beira do colchão, um menino dava cambalhotas num tapete com o tio maneta a pedir esmola por ele, se pudesse tomar conta do quarto no hospital garanto-te que todas as toalhas direitas e contudo não havia toalhas, um lavatório onde nada pingava com um frasco de sabonete roxo em que de tempos a tempos uma pasta viscosa descia na loiça e nenhuma cortina, nenhum quadro, nenhum jogo de xadrez com a carrapeta de um dos peões a imitar cristal consertada e uma esferazita de cola mais dura que as peças, o vento jogou uma badalada no sino da igreja e calou-se, se tivesse ocasião o que eu diria ao vento, páginas inteiras, livros, uma enciclopédia sem fim e ainda sobravam camisas a estalarem num fio e um tronco de pinheiro que se quebrava baralhando as gralhas, o enfermeiro voltava amanhã com um novo comprimido e um novo soro acompanhado pela indecisão do barbeiro

— Vale a pena tratar desse?

sem perceber que eu não ali, na feira a aprender cambalhotas, desde que deixei de comer ouriços verdes não se preocupavam comigo, o farmacêutico a estudar-me a língua onde as desgraças se concentram

— Tem uma saúde de cavalo

apesar dos cavalos que conhecia doentes, o que existe em mim que te enervava Maria Otília, para além de toalhas e torneiras, o meu modo de cuspir as espinhas no garfo num beijo comprido, os sapatos deixados junto à televisão, apontando-se os bicos em acusações mudas, dois ou três cavalos no lameiro a passearem ao acaso à mercê das criaturas da serra que os levariam não tarda, prendiam-lhes uma corda ao pescoço e arrastavam-nos colina acima rasgando-os nas urzes, sinto-me melhor agora, um dos meus ombros estremeceu e consegui enxergar uma andorinha quase, por enquanto não uma andorinha toda, metade da cauda e uma asa, era assim que se passava na vila, iam-se reunindo aos poucos e de súbito perfeitas no telhado prontas a sujarem-nos, a empregada destruía os ninhos em que a palha se misturava com terra e nos quais restos de borboletas, lagartas e pássaros à volta embatendo no granito, o ombro direito estremeceu por seu turno como antes de um gesto e daqui a pouco troto melhor que os cavalos de garupa só vértebras que as criaturas de cerdas sumiam nas furnas, as aldeias delas pavios que se dissolviam e eu em paz, pela primeira vez desde que entrei na enfermaria em paz, as paredes em paz e as lâmpadas em paz, flutuava no quarto entre Lisboa e a serra com um bando de corvos a escaparem aos gritos, os tubos não me atavam, os fios dos ecrãs não me prendiam e a morte impossível, devia ser manhã porque um aspirador vago e a cozinheira ocupada com a bomba num penar de ferrugem, no último sábado que lá fui o da capelista

— Conheci os seus avós

que eu reinventava no hospital e perdia, o lameiro substituído por milho, a vereda de amoras uma rua de emigrantes com leões de faiança, a farmácia maior, as datas das mortes cada vez mais distantes, é esquisito que se permaneça tanto tempo defunto, hão-de desistir de estar quietos e regressarem com o mesmo espanto que eu ao lugar que habitaram e no qual se perdem também, a Maria Otília perseguia cabelos brancos no espelho afastando madeixas

— Nunca serei velha

e envelhece sei lá onde a perseguir cabelos pretos agora com um leque para os calores e as ampolas de beber da úlcera, o que cura a úlcera não é engolir aquilo, é cortar as duas pontas no lugar marcado a azul com uma serrinha que se descobre entre os vincos das instruções ou escondida na embalagem, eis a pequena recompensa da idade, abrir ampolas e assistir a uma mancha amarela num dedo de água mexido não com a colher, com o cabo da faca

— Conheci os seus avós e a sua mãe em solteira

sem mencionar o meu pai no hotel dos ingleses, o da capelista conheceu os meus avós e a minha mãe em solteira, eu conheci uma máquina de costura, jornais, um casaco na varanda e compotas de pêssego, além das andorinhas chegarão as cegonhas, os tordos, os dinossauros e os insectos do

verão, se neste momento me entregassem um bocado de mica rodava-a na palma mirando a vinha por tratar e a capoeira onde os frangos sem milho a degolarem-se entre eles, o pingo no sapato
— Começa a ceder

e embora comece a ceder eu em paz, conversava horas convosco se conseguisse conversar e embora não consiga conversar esperançado que me escutem, o enfermeiro para o colega que o ajuda
— Não ouves qualquer coisa?

e sou eu, da mesma forma que a minha avó a apontar os pinheiros
— Que querem eles da gente?

e por trás dos pinheiros a harpa da dona Irene e o afinador na camioneta quietinho, porque não dá uma mexida com o alicate e me cura, o fulano da roupa a depreciar a nódoa e a esconder uma mais pequena que a minha mãe não notou
— Não tenho benzina mas com benzina sai

quem me garante que em lugar da operação não me friccionaram com benzina enquanto o tio maneta pedia esmola à anestesista, nenhuma velha de xaile porque lhes prenderam uma corda ao pescoço e as levaram para a serra, a minha mãe em solteira a passear com as amigas, Clotilde, Júlia, Alda que casou com um tropa, todas cegas hoje em dia
— Vejo um niquinho senhor

a Alda deslembrada do mundo
— Estive casada com quem?

e uma sobrinha a impacientar-se
— A comida cai-lhe da boca ainda meto um funil nessa goela

a Alda a vasculhar os cacos da memória
— O que será um funil?

cheia de palavras que perderam sentido, alguidar, caçarola, soleira, o que significa soleira
— Levante o pé na soleira

e a Alda sem levantar o pé
— Soleira?

no esforço de traduzir, levantava-lho a sobrinha
— Que seca
se lhe perguntassem o nome hesitava, a angústia de buscar soleiras no cérebro sem as achar, o da capelista atravancada de tralha poeirenta
— Ninguém quer saber de nós
dias a fio sozinho tal como eu nesta cama com a mesma fúria de partir e incapaz de partir, partem as visitas pela gente, se tivesse um filho podia ser que, não, se tivesse um filho ia-se embora com os outros, o que vale este pai e talvez fosse o que o meu pai queria dizer fitando o balanceio dos líquenes ou o avô a atravessar o jornal na varanda não se importando com as notícias, a minha avó
— Foi sempre distraído
e não era distracção, era a falta de coerência da vida, enerva-me o sangue na fralda, preferia que me puxassem por uma corda até às furnas, o pingo no sapato
— Ora cá estamos nós senhor Antunes
e ora cá estamos nós ou seja ora cá estou eu ou seja ora cá está o senhor Antunes a quem jogarão um lençol em cima, o da capelista
— Conheci-lhe a mãe em solteira
e a Alda a meditar no funil, a dor regressou e instalou-se na cintura, não esférica, com irregularidades e bicos, quase sob a pele e profunda, incomoda-me sem me consumir, corta-me deixando-me intacto, prossegue e todavia longe, ignoro o motivo de me sentir agradecido e todavia sinto-me agradecido de a ter, deve ser o alicate do afinador a insistir num nervo acertando-o para agudos sem fim e os agudos na base do meu crânio, julgo aplicar o termo exacto, a zoarem, tudo branco, iluminado, tranquilo, não o branco da parede ou das lâmpadas, um sofrimento sem nódoas, uma dor que me faz lembrar o mar abandonando ao retirar-se uma salsugem que arde, interrogo-me se fizesse um oito em redor do castanheiro, tomasse o comboio ou a carroça do Virgílio me transportasse consigo dado que há de certeza outra vereda de amoras, o que mais temos aqui são amoras, o que mais temos aqui são amo-

ras e fome, me salvaria dela, Clotilde, Júlia, Alda que se casou com um tropa e a minha mãe, conhecida em solteira, radiante de lhes pronunciar os nomes, namorava o neto do fiscal da Câmara, não encontrara o meu pai
— Com que idade encontrou o pai mãe?
ela a calcular pelo fogo grande na serra
— Dezanove
o pingo no sapato
— Neste estado da doença é impossível ter dores
o meu pai, nascido na cidade, a seguir a minha mãe no caminho do largo e a minha mãe a rir-se da boina
— Tão cómico o teu pai
a Clotilde
— É para ti
a minha mãe sem girar a cabeça
— Que horror
zangada por as amigas concordarem com ela, lá estava o meu pai sob os ulmeiros tirando a boina sem coragem de falar, tudo se enrodilhava na língua, as frases e o cuspo, engasgou-se, tossiu, tropeçou num calhau e avançou desequilibrado para se abraçar a um tronco cuja casca lhe furou a camisa, a Júlia
— Viste o palhaço tu?
o da capelista
— Também me lembro do casamento dela
e a minha mãe não com dó do palhaço, uma emoção estranha
— Quem lhe conserta o furo?
curiosidade em perguntar ao pingo no sapato
— Como foi com a sua esposa você?
e o pingo no sapato todos os dias no cinema tentando conversar com a rapariga que vendia os bilhetes
— Já me arrependi mil vezes
de que só conhecia a blusa e a mão que estendia o troco por uma abertura no vidro
— Não está farto do filme?
uma história piedosa de cristãos e leões, trinta matinés de penitência, quase a Quaresma inteira até a esperar à saída

por porque não, não por amor, ao acenderem a sala apenas ele e uma senhora de idade que continuou a dormir, a rapariga da bilheteira mais gorda do que supunha e com um defeito na perna, claro que a benzina não tirou nódoa alguma, a minha mãe disfarçou com uma prega e o vendedor de roupa
— É porque não esfregou bem
a oferecer-lhe descontos numa saia de bailarina espanhola com picadores estampados, a dor dilatou-se num ímpeto que alastrou à bexiga, se a doença na uretra em lugar do intestino ele impotente que maçada mas se calhar diminuía-lhe as vaidades, compreendia agora o tio entre Espanha e o poço
— Não sou homem
deixando o quarto limpo, a cama feita, os livros alinhados e a secretária vazia, três gavetas de cada banda do espaço para os joelhos, uma delas com o manípulo de latão pendurado devido a que o parafuso se soltou, tinha de puxar-se de baixo e obrigá-la a vir com a força dos dedos, o pai do pingo no sapato para a rapariga da bilheteira numa piedade infinita
— Alguém esclareceu a menina como o meu filho é?
a avó escarafunchou na escalfeta, no forro do colchão, na mesinha de cabeceira onde os chinelos um sobre o outro para darem lugar ao bacio com falta de esmalte na pega
— Nem uma palavra à gente?
enquanto uma andorinha praticamente intacta, a que só faltava a cabeça e por conseguinte em silêncio, riscou a janela do hospital provando que abril se compunha, o tio possivelmente em Espanha visto que o poço tranquilo, quando um afogado no lodo o frenesim de quem não acha o seu lugar entre vértices de calhaus e latas vazias e o impulso de regressar cá cima
— Arrependi-me
procurando o sacho antes de se dirigir para a horta, a dor contornou a uretra
— Continuo a ser homem
e o orgulho mantido, estranhava não se recordar de nenhuma capelista na vila, outrora no sítio da capelista a ca-

bana do burro e a dúvida que a mãe solteira algum dia, a memória mais antiga era adormecer ao seu colo, não de golpe, mergulhando e voltando com o pigarro da avó que o obrigava a chorar porque o impedia de desaparecer num conforto morno e com rendas para tornar a ser ele e não lhe apetecia ser ele, apetecia-lhe fazer parte daquele pescoço, daqueles braços, da nuca que a sua palma agarrava e que a avó impedia ao estremecer o silêncio, odiava a Alda por o afastar da mãe

— Deixa-me pegar no menino

seguido de um nome de mulher que perdera, como se chamava ela, se ao menos o mesmo conforto na cama do hospital, as mesmas rendas, o pai do pingo no sapato

— Aconselho-a a reflectir antes de levar essa pérola

enquanto o pai dele não o apoucava nunca, limitava-se a evitá-lo excepto no alto da serra, ia buscar as bolas que recebia não na mão, na raqueta

— Põe aí

uma bandeja de cordas onde as soltava sem ânimo, o dono da capelista continuava a intrigá-lo

— Você quem é senhor?

e o homem sem responder, tantos mistérios e a combinação dos mistérios com a dor entontecia-o, talvez a morte fosse viver de outra maneira dado que os defuntos tão activos na casa, em determinados momentos deixava de existir e tinha consciência de deixar de existir quando o coração e o fígado recomeçavam nos ecrãs, se lhe cravassem fusíveis nos miolos tudo o que pensava à vista

— Divagar ajuda

abriu o portão onde as flores se misturavam com arbustos e ervas ruins nos vasos tombados, quis ouvir a sineta do alpendre mas faltava o badalo, bateu à porta e moita, limpou uma vidraça com a manga, julgou ver a dona Irene e afinal uma peanha sem jarra no topo e ele ao colo da mãe de bochecha entre as rendas, ora à superfície ora protegido por um casulo no qual se lhe fosse consentido moraria eternamente, não peguem em mim

— Deixa-me pegar no menino

caminhar até ao poço e a alavanca da bomba estragada, reflexos de feições que demorou a compreender pertencerem-lhe, o dono da capelista
— O que o amigo mudou
e não mudara, era um erro do poço, quando chegou a altura em que o pai mais baixo que ele todas as raquetas a um canto e todas as bolas perdidas e como os arbustos cresceram impossível achá-las do mesmo modo que impossível achar o hotel dos ingleses ou a embocadura da mina, o pai já não lhe segredava
— Sabes?
metia os dedos uns nos outros sem conseguir separá-los, como se desfazia aquilo, a mãe
— Arranjaste-a bonita
libertando um indicador, um mindinho, um quinto de polegar, a nascente do Mondego no mesmo ponto ou os da serra alteraram-na, deu com uma cabra a olhá-lo a meia pálpebra rolando pensamentos no vagar da boca e ao dar pela cabra a dor abrandou, voltou ao poço e feições coladas sobre as suas bochechas numa ordem trocada, o pingo no sapato
— A morte há-de alinhá-las descansem
como se houvesse morte e não há, havia ele ao colo da mãe e um berço de ferros tortos à espera na cave, a mãe abriu a carta do pai e no interior um cravozito seco que se esboroou no chão, a prosa passada a limpo depois de vários ensaios que lhe custou decifrar por causa dos borrões, demasiada força no aparo e cola a mais no envelope, as mãos do pai livres de novo e ele a estudá-las a medo, dobrou o anelar e o mindinho e o facto de obedecerem não provava fosse o que fosse, seriam as suas ou aparafusaram-lhe outras, sentiu as rendas e o pescoço da mãe na almofada do hospital, apesar da prega no vestido a nódoa continuava ali, a avó
— Dá-me a impressão que uma nódoa
de óculos pegados nela
— Pode ser que com benzina
ainda que não acredites, e é evidente que não acreditas, não nos vemos há anos, passei a noite contigo Maria Otí-

lia, eu no centro da cama, onde os enfermeiros me puseram, à espera que me toques e tu na pontinha do colchão esperando que não te toque e não toquei a fim de não ser expulso por um cotovelo maçado

— Já não se pode dormir?

uma das pernas fora do lençol e como a persiana não vedava o pé comovia-me, pegar nele com a palma em taça, beijá-lo, o pé a escapar-se

— Queres que vá dormir para a sala?

e a minha palma vazia, apenas o nariz lá dentro e os lábios estendidos com vontade de, com vontade que me perdoasses, fica melhor assim, por gostar de ti, jurava dobrar a toalha e esquecia-me conforme jurava fechar as torneiras e não largar as revistas no chão e neste momento lembrei-me dos comboios e sorri, haja alguma coisa que me faça sorrir, talvez consiga sorrir à dor, não sei, apesar de o enfermeiro

— A cara dele não muda

se perguntasse ao da capelista

— Você quem é senhor?

o homem a arrumar-se no balcão em silêncio e a suspeita que no silêncio

— Seria tu se continuasses vivo

a regressar a uma casa onde o avô não atravessava o jornal, depois da morte da esposa o farmacêutico não atendia ninguém ao passo que a mim nem a dor me pesava excitado com os esboços de andorinhas e as nuvens de abril movendo-se horizontalmente ao comprido de arames, se tivesse tido um filho procurava a nascente do Mondego com ele, talvez lhe segredasse

— Sabes?

e não necessitava de continuar porque o meu filho sabia como a criança que fui sabia também, uma rãzinha saltou-me para a bota e demorou-se um instante de tiróide a palpitar, vejam os pardais nos castanheiros, vejam a manhã na hera, os sinos tocavam à Elevação e a avó a disparar a língua que não imaginava tão grande para a hóstia do padre e a receber a sua mosca num prazer de lagarto, o cheiro da benzina ocupava a

sala e a nódoa tenaz, não de queimado, não de gordura, uma nódoa de quê, a mãe a desistir da benzina
— Uma nódoa de quê?
a avó regressava ao banco com a mosca na boca e um êxtase de santa de altar pronta a subir ao Céu rodeada de frascos de compota e de colheres de pau, estendia-me uma das colheres
— Queres comungar Antoninho?
não uma hóstia ou uma mosca, melaço e fruta, o comprimido sufocava-o e no sufoco pregos, tachas, anzóis, o pingo no sapato
— O edema está a aumentar nos pulmões oxalá que nós
e não se interessou pelo resto, interessou-se pelo pé fora do lençol, quando o pai faleceu não exibiu tristezas, ficou nos ulmeiros a sorrir aos comboios, o rápido da uma, o mercadorias das onze, o correio das quatro com o jornal e os envelopes dos emigrantes da França, teve pena que a rázita não passasse da bota dele para a do pai em vez de sumir-se nos musgos, um palhaço que se desequilibrou abraçado a um tronco e a Clotilde
— Um palhaço que horror
a mãe a concordar por fora
— Que horror
e a preocupar-se por dentro, guardou o cravo na latinha das pulseiras e abria-a de quando em quando, feliz, na segunda carta um trevo que só não tinha quatro folhas por azar, na terceira um anel de cobre onde se entrelaçavam corações, a Júlia
— É um anel de feira não vale um pito
e a mãe sem concordar, calada, a sorrir como ele aos comboios, ao engolir a hóstia a avó outra vez pessoa, não lagarto, o gosto da compota mantinha-se horas nas gengivas de modo que lhe dava ideia de continuar a prová-la, chupou-as ampliando o sabor e reencontrou a cozinha, com a cozinha a selha onde lhe davam banho e subindo as escadas os restantes compartimentos da casa, os quartos, o escritório, a varanda e

a família na sala, a mãe com o anel de cobre, o avô a dobrar o jornal, o tio não em Espanha e a avó a colocar o filtro sob o bule de chá, depois da casa as galinhas que se aquietavam na capoeira onde uma forma maior que os bichos não nos poleiros, na caliça, na terra e nas pedritas do chão a que a avó chamava
— Antoninho
esquecendo-o lá em baixo rodeado de ecrãs.

4 de abril de 2007

Agora sim finalmente, agora sim, dúzias de andorinhas na janela do hospital, nenhuma chuva, o castanheiro intacto e o senhor Casimiro junto à cama a mostrar o boião dos rebuçados
— És servido menino?
tudo nos conformes portanto, procurou a dor e onde estaria a dor, podia mover os braços se lhe apetecesse, endireitar-se na almofada, ir-se embora, o enfermeiro desligou os ecrãs, tirou a agulha do soro, fechou o oxigénio e as andorinhas sem cessar na janela a afiançarem
— Não pagas um cêntimo viemos de graça
a avó juntava batatas ao peixe, couve, cenoura, anunciava como sempre a propósito da cenoura
— Faz os olhos bonitos
e como sempre ele a pestanejar achando os olhos iguais, teve a certeza que a Maria Otília por ali, não na ponta da colcha, mais próxima
— Já não me ralam as toalhas
outras pessoas à volta, a dona Lucrécia, a dona Irene, o farmacêutico a arrumar-lhe a língua na bolsinha do queixo
— Uma saúde de cavalo dura cem anos no mínimo
um cavalo que não levariam pelo pescoço na direcção da serra, demorava-se no lameiro mas porquê a demorar se as pernas capazes de correrem pinhal fora, o pingo no sapato largou-lhe o pulso
— Aguentou mais que eu pensava
e o pai do pingo no sapato logo
— Nem na morte acertas
isto não na enfermaria é evidente, na vila, tentou lembrar-se da idade que tinha e que importava a idade uma vez

que o farmacêutico lhe prometeu cem anos, a estrangeira loira do hotel dos ingleses no rebordo da piscina e daqui a pouco os mineiros do volfrâmio de regresso, talvez a mãe lhe comprasse as botas para a semana e a empregada a ensebá-las, ficavam no degrau até perderem o cheiro, a mãe enfiava algodão nas biqueiras retirando-o à medida que ele crescia, a Clotilde sem lhe pegar ao colo enjoada com o pivete das botas

— Deve pesar que se farta

e devo pesar que me farto dona Clotilde, a minha mãe afiança que eu de chumbo, intrigava o que a doença crescesse no interior do chumbo e todavia nem surpresa nem terror, a trepadeira aumentava na quadrícula de arame, tudo oscilava, tomava alento, fervia incluindo as velhas desejosas de o sepultarem nos xailes, como defender-se no caso de alguma o roer ou um cão vadio agachado com ele entre as patas, de onde chega esta brisa e esta espécie de frio, o homem que tirava moedas dos narizes

— Não volto a ganhar dinheiro com vocês

a ir-se embora zangado, a avó indicou-lhe o peixe com o garfo

— Estás à espera de quê para começar a comer?

e realmente estava à espera de quê para começar a comer, se um dos ecrãs continuasse nem uma palavra e contudo tantas palavras nele enquanto a nascente do Mondego ia e vinha, quis conservá-la à espera que uma rázita o escolhesse, estendeu-se na pedra até sentir a respiração das coisas e imaginá-las cúmplices, o garfo da avó

— Falar ao comer prejudica a digestão

o estômago começa a ouvir e não trabalha, pára, acorda-se a meio da noite, apesar de as noites terem acabado, depois de sonhos difíceis, em que sítio terminava o olhar do avô que se não detinha no jornal nem nas árvores, o pingo no sapato para a mãe

— Com as condições que temos hoje os fins são serenos

e ele sem o ouvir distraído com o senhor Liberto a mandar nos comboios, além da bandeira uma corneta ao pes-

coço, compreendeu que as andorinhas não de hoje, de um abril antigo, receou-lhes as fezes agora que o vestiam e não a roupa do armariozito do quarto, um fato que trouxeram de casa e a gravata que demoraram a alinhar ao comprido do peito, a mãe fazia-lhe a risca e a avó
— Assim compostinho até pareces um homem
o pai esperava a bola que pela primeira vez não achava, procurou nesta moita, naquela, num buraco onde lhe pareceu que uma cobra e ele de gatas apesar da cobra a amarrotar o fato que trouxeram de casa enquanto a avó ordenava à empregada que aquecesse a água da selha
— É o teu velório Antoninho o que é que vão pensar?
percebia as picaretas dos mineiros e de quando em quando as lanternas dos capacetes nos intervalos das mimosas, a Júlia com o anel de cobre
— Vais casar com o palhaço?
a gravata entalada num galho e ao soltá-la rasgou-se, apesar do frenesim das vespas ouviu o tecido ceder, depois do ataque o pai de cobertor nos joelhos e uma das mãos inútil, davam-lhe leite por um tubinho e a mão inútil magríssima, a outra estendia os dedos a receber a bola que ele não lograva encontrar, ao acordar lá estava o pai no escuro contra o halo da serra, uma ocasião disse
— Pai
a mão a imaginar que a bola e bola alguma senhor, hei-de trazê-la espere, se calhar a bola a doença dos intestinos que o pingo no sapato exibiu na radiografia
— Vê aqui?
e porque não lha tiraram como as moedas do nariz, sem comichão, sem dores, ele no hotel dos ingleses
— A sua bola pai
não
— Paizinho
de homem para homem porque já nenhum algodão nas biqueiras
— A sua bola pai
indiferente às lamúrias da mãe

— Daqui a nada não há botas que te sirvam

não o punha ao colo, não sentia nenhuma renda onde dissolver quem era esquecendo-se de si, tentava voltar a uma alegria perdida e o facto de não pertencer senão a si mesmo aterrou-o, quem o protegia do mundo, não sou este, sou o aluno a quem o gordo ganhava sempre nos rios, o que comia fruta verde e amontoava insectos numa caixa de fósforos, a avó a juntar-lhe o almoço no prato

— Não espalhes o peixe a fingir que comeste

conforme ele juntava sementinhas na caixa para a fome dos bichos, se o pingo no sapato lhe metesse a fita no punho pode ser que talvez, não se sabe, quem afirma o contrário, melhorasse, a dona Irene a acariciar-lhe a cabeça

— Adormeceu como um santo

e logo a seguir dia e sozinho no quarto, com arrepios apesar do pijama, o castanheiro branco, os sons da casa pontudos, não era ali que pertencia, era a uma nuca morna e a um braço a impedi-lo de se amontoar no chão, a primavera aguentou-se uns minutos se tanto e acabou, o senhor Liberto

— Comboios?

na plataforma deserta, mudaram a estação de vila e o avô sem jornal, a estrangeira loira recolhia os cremes num cesto com cada vértebra nítida ao longo das costas ou seja as contas do colar da mãe, em lugar de um círculo, ao comprido, o dono do hotel, sem clientes, fechou a porta à chave e desceu as escadas, sobrava o afinador na camioneta da carreira mas nem pardais nem olmos, uma gralha num eucalipto a pensar, a Maria Otília ao contarem-lhe dele

— Ai sim?

de madeixas pintadas que lhe endureciam a cara e uma dificuldade em dobrar-se, que é feito do pé fora da cama e dos murmúrios ao telefone interrompidos para tapar o bocal desorbitada de fúria

— Importas-te de não me espiar por favor?

e enquanto ele entre o quarto e a sala o murmúrio mais forte

— Não há maneira do palerma entender que não aguento mais
tudo o que não teria importância se a mãe
— Antoninho
e o peito dela o sítio onde ancorar o seu medo do mundo, fechava os olhos e eucaliptos, freixos, não só a porta do hotel fechada, todas as janelas com tábuas, ficaram os buxos do jardim e a piscina, procurou na erva as marcas da estrangeira loira e nenhum vestígio de passos, o senhor Liberto desembaraçou-se da corneta e da bandeira e quedou-se imóvel sob os gritos dos corvos, como se respira sem comboios senhor Liberto conte-me, como se suportam os dias, a mulher trazia-lhe nabiças e nem olhava a marmita tentando descobrir onde as carruagens agora, morava num casinhoto ao lado da estação onde se sentava a escutar o bafo da serra na esperança que de mistura com o bafo uma locomotiva enganada, a mulher
— Liberto
e o senhor Liberto a carregar a caçadeira
— Raios partam os corvos
a apoiar a coronha no chão, a descalçar-se, a colocar o queixo sobre a coronha, a pisar o gatilho e levaram que tempos a juntá-lo
— Falta uma orelha não é?
lembrava-se da corneta amolgada no meio das travessas e da avó
— Tinha cá um pulmão para os assopros
a propósito de corneta as buzinas dos patos bravos à cata da lagoa, uma tarde o pai e ele encontraram na nascente do Mondego uma fêmea incapaz de voar que escapou num saltinho e na semana seguinte pato bravo nenhum, meia dúzia de penas e uma manchita de sangue cor de rosa misturada na água até que nem penas nem sangue, só o penedo e os limos, o pai chegou-se a ele, julgou que ia tocar-lhe e arredou-se de novo, provavelmente desagradava-lhe como desagradava à Maria Otília, sem descobrir a razão, a avó a designar o peixe com a faca

— É pecado se não aproveitas há tanto pobre com fome

metade do senhor Liberto no cemitério, a outra metade a engordar a curiosidade dos cães, tordos numa figueira brava fixando-o alternadamente com um único olho, um besouro na sua cabeça a bater contra a nuca incapaz de escapar-se e aqueles insectos pernaltas que caminham nos charcos, o pingo no sapato

— Está em paz finalmente

no pânico de um comentário do pai e como estar em paz se agora sim, dúzias de andorinhas na janela, a mãe

— Quando eu era nova aquela ali quebrou uma das patas

que a Júlia tratou com um pedaço de cana e cordéis enfiando-lhe grãozinhos no bico, a Alda sem coragem de pegar-lhe

— Não imaginava que de perto as andorinhas horríveis

tanta esperança em abril e vai na volta uma excitação de bichos, a dor que perdeu fazia-lhe falta, não sabia os rios na escola, a Maria Otília deixou-o e o pai não lhe tocava, o carro do lixo há-de transportá-lo antes dos primeiros automóveis e das furgonetas do mercado, com mais misérias como ele, para os arredores de Lisboa onde o transformam em pó até que a chuva o disperse, se fugisse na direcção da vinha e os corvos o não denunciassem

— Vai acolá

talvez lograsse escapar, a avó a encher-lhe os bolsos dos calções

— Toma pão meu menino

procurou a bicicleta no cubículo mas a corrente quebrada, não posso fazer oitos em torno do castanheiro, não leve a mal tio desculpe, a avó quando ele abria o portão

— Felicidades

um pinhal, outro pinhal, costumava ouvir os rebanhos com o pastor atrás em silêncio, porque se calam os camponeses, até ao domingo no café calados e não era capaz de distinguir o pastor do Virgílio ou daquele que tomava conta do pomar arrancando ervas lentas, de tempos a tempos percebia-se uma espécie de luta e no dia seguinte uma coisa de bruços num valado com um sacho ou um ancinho nos rins, lá passava o cortejo e depois do cortejo e dos sinos o sossego de sempre, nunca deu por uma conversa, uma discussão ou um choro, risos de gralhas e soluçar de perus, adoeceu como os animais, sem queixas, o pingo no sapato

— Se tivesse vindo à consulta há seis meses e para quê vir há seis meses se uma saúde de cavalo e cem anos no mínimo, ele pequeno a assistir à neve e o universo sem peso lá fora, casas que flutuavam, a igreja à deriva, a mãe com uma vassoura e de lenço na cabeça

— Queres chegar tarde à escola?

ela que hoje nem do marido se recordava, recordava um palhaço abraçado a um tronco e uma mulher

— Que horror

a propósito de não entendia o quê que o horror significava e assustou-se de não entender, o que se passa comigo, tive este filho, tive outros ou não tive filho algum, por vezes tinha um filho e por vezes não tinha

— Que disparate um filho

a mulher que assistiu ao parto com um alguidar e toalhas, duas toalhas dobradas com as iniciais do avô do avô, uma de linho para embrulhar o menino e a que não era de linho destinada ao sangue, a mulher que assistiu ao parto Jacinta, da idade do tio mas nascida em Agosto

— Quando eu mandar faz força

e não entendia o que horror significava nem se teve mais filhos, a mãe da dona Jacinta Maria do Socorro, o irmão que trabalhava de guarda na fronteira Fernando, a mãe

— Fernando Albino Pereira

a calar-se com as dores e a fazer força, obediente, um ou outro caminho desimpedido na memória entre centenas de caminhos tapados trazendo fragmentos que não conseguia encaixar, Clotilde Araújo Silva, Júlia Sarmento Pires, Alda Roma Gonçalves, a primeira governanta do senhor vigário com um ataque, aos pulos na latada, e o senhor vigário, então novo, aspergindo água benta

— Satanás Satanás

a mulher que assistia ao parto alargou-lhe a palma na barriga

— Só quando eu mandar ouviste?

e a governanta do senhor vigário mais contorções, mais espuma, o farmacêutico viu-se grego para lhe despejar um frasquinho na língua, a mãe

— Ao dizer que disparate um filho o que me apetecia dizer?

e a ausência de memória a apequená-la de angústia, a sua voz de súbito numa energia que a espantou

— Três quilos e duzentas

porém três quilos e duzentas de quê dado que o quê pertencia a um canal fechado, apetecia-lhe dormir e que o corpo se esvaziasse do resto que tinha, duodeno, hipófise, tubos de Bellini, a mãe de vassoura e com um lenço na cabeça

— Queres chegar tarde à escola?

a tosse do avô a caminhar para a sala, por baixo da tosse os chinelos e entre a tosse e os chinelos vazio, mobília cheia de roupa bafienta e chapéus e revistas, um dia destes ao abrir uma arca o hálito da mãe no hálito dos defuntos

— Quem és tu?

de maneira que a fecharia de imediato para evitar perguntas, três quilos e duzentas numa toalha de linho e agora a passear nos becos enquanto os corvos se afundavam no milho, a primeira governanta do senhor vigário andava sobre as águas no hospício da cidade a pregar aos filisteus, quando o pai faleceu teve ganas de lhe colocar uma rázita no bolso para que se lembrasse do sofrimento das rochas

— Quando eu mandar faz força

três quilos e duzentas que embrulhavam em linho e ele a ir sobre os rios no sentido da foz, enganou-se nas andorinhas visto que a chuva continuava, enganou-se nos comboios, não se enganou nos rios, quase todos os dias a avó no recreio da escola com um embrulhinho de nozes e maçãs e ele com receio dos colegas lhe chamarem bebé

— Estás à espera de quê para começar a comer?

não estava à espera de nada para começar a comer, apenas que a avó se fosse embora a fim de jogar o saquinho sobre o muro anunciando

— Mariquices de velha

ele capaz de conduzir a carroça não apenas na vereda de amoras, no largo se o Virgílio deixasse, veio-lhe à ideia a surpresa e o terror no hospital e troçou de si mesmo

— Tão fácil

o que a gente imagina antes de os acontecimentos se darem e afinal tão fácil, a mulher que assistiu ao parto segurou-o de cabeça para baixo a bater-lhe nas nádegas

— Há-de respirar descansa

três quilos e duzentas de secreções e pregas e um cordão roxo no umbigo, se a mãe o lambesse como fazem as ovelhas e o cobrisse com o ventre a protegê-lo da doença em lugar dos dedos incertos

— Quem és tu?

o pai de manta nos joelhos à cata de um

— Sabes?

entre a meia dúzia de palavras que tinha, não meia dúzia, duas ou três, não duas ou três, nenhuma, bolhinhas de cuspo que rebentavam mudas, não eram só os camponeses que não falavam, centenas de vezes a Maria Otília

— Perdeste a língua?

apetecia-lhe responder porém demasiadas emoções a tentarem exprimir-se, ao chegar à varanda não via os prédios fronteiros, via o contorno da serra, não podia dar atenção à Maria Otília porque os oitos difíceis e o tio a correr para ele na esperança de desviar o selim

— Vais espetar-te no canteiro

com pedaços de tijolo defendendo os narcisos, a casa pertenceu ao pai da sua avó que cirandava nos quartos depois do jantar acompanhado por um amigo de polainas, mostrando mesas e bronzes

— Tudo isto me pertence Adelino

a avó esquecida do peixe

— É tudo seu engula-o

e o pai da avó arrependido
— Maneiras de falar minha filha perdoa

a desaparecer no louceiro, nenhuma andorinha na janela, nenhuma chuva igualmente, os caixilhos apenas e para lá dos caixilhos nem nuvens nem céu, ao ir-se embora da vila passou pela camioneta da carreira onde o afinador continuava no banco

— Estamos sozinhos não é?

não à espera, ninguém esperava já nem a criança descalça

— Pão pão

à esquina de um freixo e a própria serra ausente, um pássaro no sentido da barragem quer-se dizer não um pássaro, a ideia de um pássaro, teria estado no hospital ou o hospital uma invenção como as outras, o pingo no sapato

— Adeus

e ele com desejo de ter pena porém pena de quem, quem quer ver a barca bela e o resto dos versos perdido, estamos sozinhos senhor tem razão, ao olhá-lo de novo o afinador sumiu-se, a Maria Otília distraída

— Ai sim?

de modo que tal como o dono do hotel trancou a porta e desceu as escadas, ao trancar a porta e descer as escadas nem a porta nem as escadas existiam, expliquem-me enquanto sou capaz de ouvir, eu que quase não oiço, o que aconteceu de facto, não perguntem

— Sabes?

nem se sentem junto a mim a ver o que não há, auxiliem-me até que percebeu não necessitar de auxílio, uma pessoa a ralhar

— Queres chegar tarde à escola?

sem a tosse do avô e sob a tosse vazio, uma pessoa unicamente

— Queres chegar tarde à escola?

e nisto a surpresa e o terror de volta a despedirem-se dele, faltavam tábuas na plataforma da gare, repetir quem quer ver a barca bela sem a certeza que as palavras correctas, afigurou-se-lhe que sim, afigurou-se-lhe que não, que improvável barca bela, um verso diferente e todavia que verso, a juntar às tábuas que faltavam metade do balcão desfeito e sobras de jornal a um canto, achou a mala do tio no meio dos jornais, aberta, o fato que lhe vestiram apertado nos ombros, qualquer defeito nas calças prejudicando as pernas, que é das dores, que é da doença

— Fizemos o que foi possível vamos aguardar

no meio de vagas formas, vagas luzes, ecos onde não havia lugar para ecos, um caracol da mãe fora do lenço, como é que você cegou senhora, incapaz de me ver

— Quem és tu?

e de repente na cabeça dele o mar a subir, engolia os esgotos, cobria as rochas, diminuía a praia, isto no início do namoro ou do casamento, como querem que me lembre, lembro-me de uma blusa lilás, de termos vindo de autocarro e dos banheiros a colocarem os toldos, a Maria Otília ainda se ralava com ele nessa época, lhe pegava no braço, lhe

— Queres chegar tarde à escola?

a Maria Otília ou a mãe, parecia-lhe que a mãe, não me obriguem a esforçar-me, não a mãe, a Maria Otília sem dúvida

— Queres chegar tarde à escola?

passitos de centímetros, os ombrozinhos em concha, as gengivas que não cessam de provar um almoço remoto cobrindo o bocal do telefone com a palma

— Importas-te de me deixar falar à vontade?

ou nem sequer um almoço, recordações desbotadas

— O teu pai

quem quer ver a barca bela que se vai deitar ao mar e ora aí está o mar e eles a deixarem os roupões, as sandálias e o cabaz da tralha miúda num sítio em que supunham não chegarem as ondas mas chegavam, a forma dela pegar nos objectos, amontoá-los, correr, a cabeça tem manias assim, quando não se espera seja o que for coisas tão nítidas, Nossa Senhora vai nela e quase de certeza estava certo, os anjos vão a remar, o gordo catorze rios, ele zero e para o pingo no sapato, a ocultar a dor

— Estou bem
na esperança que se ocultasse a dor se curava e curou-se, ele para a Maria Otília
— O meu pai o quê?
e as gengivas da mãe uma pausa meditando, a mastigarem com mais força a barca bela e a meditarem de novo, o pingo no sapato
— Aguentou mais tempo que eu pensava
a mastigarem com mais força e um tendão no pescoço, a aguentarem mais tempo, a mudarem de posição os roupões, as sandálias e o cabaz da tralha miúda, não mudavam de posição as andorinhas porque inverno ainda
— Não é importante deixa
não é importante que o mar nos leve, deixa, o que fizemos por cá, um palhaço abraçado a um tronco, não, um rapaz de bicicleta a embater num pilar de granito e o rapaz um palhaço, fraldas, algália, o tubo no nariz, os meninos bonitos não entornam o remédio nem espalham comida no prato, portam-se com juízo e portanto vamos lá tomar o comprimido senhor Antunes, não admito um único pingo no guardanapo, até agora não vai mal, continue, se for preciso trazemos um alguidar e duas toalhas dobradas como deve ser, não ao acaso no chão, com as iniciais do avô do avô, uma de linho para o embrulhar e outra para o sangue que não tem, se lhe encontrasse uma veia e não encontro uma veia, sangue algum reparou, é necessário desinfectar este quarto, retirar os aparelhos, mudar o colchão, outro doente hoje e mais novo coitado, não o intestino, os pulmões, chega a duvidar-se que Deus existe e se existe não se preocupa, em acabando o turno meto-me num cinema e pronto ou pago a uma mulher, tanto faz, da maneira que a maca tem os eixos parece uma carroça, de onde veio esta lembrança, numa vereda de amoras e a que propósito amoras, dá ideia que o senhor Antunes, já com o fato que a família trouxe num saco de papel, à espera de não sei quê ou prestes a oferecer não sei quê a uma pessoa que não vejo, uma bola de ténis por exemplo, que imagem tão parva, oferecer uma bola de ténis a um fulano que o não olha, Ma-

ria Otília e o Maria Otília tão estranho, se tivesse aparecido seis meses antes na consulta, duvido que haja andorinhas este ano, a verba do hospital não dá para pássaros, talvez corvos ou gralhas numa vila da serra, vendedores de botas em feiras de província, uma mulher a inclinar-se para as bancas de ourives e o senhor Antunes sobre os rios a caminho da foz, a Maria Otília de cabelo pintado

— Ai sim?

enquanto em vez de adormecer ao colo, encostado às rendas do peito, ele sentado no chão à medida que a mãe ajeitava a máquina de costura e a enrolar-se-lhe nas pernas para a ouvir cantar.

EXEUNT OMNES

(2009, 2010)

Este livro foi impresso
pela Lis Gráfica para a
Editora Objetiva em
maio de 2012.